Trilogía de Caspak 3
Desde el Abismo del Tiempo

Por

Edgar Rice Burroughs

Esta es la historia de Bradley después de que saliera del Fuerte Dinosaurio en la costa oeste del gran lago que está en el centro de la isla.

El cuarto día de septiembre de 1916, partió con cuatro compañeros, Sinclair, Brady, James y Tippet, para buscar en la base de la barrera de acantilados un punto por el que éstos pudieran ser escalados. A través del denso aire caspakiano, bajo el hinchado sol, los cinco hombres marcharon en dirección noreste desde Fuerte Dinosaurio, ora hundidos hasta la cintura en la exuberante hierba de la jungla, poblada por miríadas de hermosas flores, ora cruzando prados descubiertos y llanuras parecidas a parques antes de zambullirse de nuevo en los tupidos bosques de eucaliptos y acacias y gigantescos helechos con copas rebosantes que se agitaban suavemente a treinta metros sobre sus cabezas.

A su alrededor, entre los árboles y en el aire, se movían y agitaban las incontables formas de vida de Caspak. Siempre los amenazaba alguna criatura temible y rara vez sus rifles tenían descanso, pero en el breve lapso de tiempo que habían vivido en Caprona se habían vuelto insensibles al peligro, de modo que caminaban riendo y charlando como soldados un día de marcha en verano.

—Esto me recuerda a South Clark Street -observó Brady, que había trabajado como policía de tráfico en Chicago; y como nadie le preguntó por qué, continuó-: Porque no es lugar para un irlandés.

—South Clark Street y el cielo tienen algo en común, entonces -sugirió Sinclair.

James y Tippet se echaron a reír, y entonces un horrible rugido surgió de un bosquecillo ante ellos y distrajo su atención hacia otros asuntos.

—Uno de esos gigantes de las Santas Escrituras -murmuró Tippet mientras se detenían y, con las armas preparadas, esperaban el ataque casi inevitable.

—Son un montón de mendigos ansiosos -dijo Brady-, siempre intentando comerse todo lo que ven.

Durante un instante no llegaron más sonidos del bosquecillo.

—Puede que esté comiendo ahora -sugirió Bradley-. Intentaremos rodearlo. No podemos malgastar munición. No nos durará siempre. Seguidme.

Y se desviaron de su antiguo rumbo, esperando evitar un ataque. Habían dado tal vez una docena de pasos, cuando los matorrales se movieron ante el avance de la criatura, las hojas frondosas se abrieron, y emergió la horrible cabeza de un oso gigantesco.

—A los árboles -susurró Bradley-. No podemos malgastar munición.

Los hombres miraron alrededor. El oso avanzó un par de pasos, todavía gruñendo amenazador. Ya se había asomado hasta los hombros. Tippet le echó una ojeada al monstruo y corrió hacia el árbol más cercano; y entonces el oso atacó. Directamente a Tippet.

Los otros hombres corrieron hacia los diversos árboles que habían j escogido… todos excepto Bradley. Se quedó mirando a Tippet y el oso. El hombre tenía una buena ventaja y el árbol no estaba lejos, pero la velocidad de la enorme criatura que le perseguía era asombrosa. Tippet estaba a punto de llegar a su santuario cuando el pie se le enganchó en una maraña de raíces y cayó al suelo. El rifle se le escapó de las manos y quedó a varios metros de distancia.

Al instante Bradley se llevó el arma a la cara, y hubo una brusca detonación respondida por un rugido mezcla de dolor y furia por parte del carnívoro. Tippet intentó ponerse en pie.

—¡Quédate quieto! -gritó Bradley-. ¡No podemos malgastar munición!

El oso se detuvo, giró hacia Bradley y luego otra vez hacia Tippet. De nuevo el rifle del primero escupió furiosamente, y el oso se volvió otra vez en su dirección.

—¡Ven aquí, gigante de las Sagradas Escrituras! -gritó Bradley con fuerza-. ¡Ven aquí, monstruo! No podemos malgastar munición.

Y cuando vio que el oso parecía decidirse a atacarlo, animó la idea retrocediendo rápidamente, pues sabía que una bestia furiosa a menudo ataca a quien se mueve antes que a quien permanece quieto.

El oso atacó. Como un relámpago se lanzó contra el inglés.

—¡Ahora corre! -le gritó Bradley a Tippet, mientras él mismo se abalanzaba hacia el árbol más cercano. Los otros hombres, ahora a salvo entre las ramas, contemplaron inquietos la carrera. ¿Lo conseguiría Bradley? Parecía imposible. ¿Y si no lo hacía…? James jadeó ante la idea.

La temible montaña de carne y hueso y piel que corría con la velocidad de un tren expreso contra el hombre, que en comparación parecía inmóvil, tenía más de un metro ochenta de altura. Todo sucedió en unos segundos, pero fueron segundos que parecieron horas a los hombres que esperaban en los árboles. Vieron a Tippet ponerse en pie de un salto y correr tras el grito de advertencia de Bradley. Lo vieron correr, agacharse a recoger su rifle al pasar por el lugar donde había caído. Lo vieron mirar a Bradley, y detenerse ante el árbol que podría haberle procurado seguridad, y volverse contra el oso.

Disparando mientras corría, Tippet corrió tras el gran oso cavernario, un monstruo que tendría que haberse extinguido hacía eras. Disparó de nuevo cuando le bestia casi había alcanzado a Bradley. Los hombres de los árboles apenas se atrevían a respirar. Les parecía un intento inútil, ¡y por parte de Tippet, nada menos! Nunca lo habían considerado un cobarde (no parecía haber ningún cobarde entre aquel extraño grupo que el Destino había reunido de los cuatro rincones del globo), pero sí un hombre cauto. Demasiado cauto, pensaban algunos. ¡Cuán inútiles parecían él y su pequeña arma de fuego mientras corría hacia aquel motor viviente de destrucción! ¡Pero, oh, qué glorioso! Algo parecido pensó Bradley, aunque sin duda lo habría expresado de otra manera, más explícita.

Justo entonces a Bradley se le ocurrió disparar, y también él abrió fuego sobre el oso, pero en el mismo instante el animal se tambaleó y cayó hacia adelante, aunque todavía rugiendo de manera terrible. Tippet nunca dejó de correr ni disparar hasta que se encontró a un palmo del bruto, que yacía casi tocando a Bradley y trataba de ponerse en pie. Colocando la boca de su arma en el oído del oso, Tippet apretó el gatillo. La criatura se quedó flácida en el suelo y Bradley se puso en pie.

—Buen trabajo, Tippet -dijo-. Te debo una… aunque ha sido un despilfarro de munición.

Y continuaron la marcha y quince minutos después el incidente dejó de ser incluso un tema de conversación.

Durante dos días continuaron su peligroso camino. Los acantilados se alzaban ya cerca, sin ningún indicio que animara a pensar que podían ser escalados. A últimas horas de la tarde el grupo cruzó un pequeño arroyo de agua caliente en cuya viscosa superficie flotaban incontables millones de diminutos huevos verdes rodeados de una leve espuma del mismo color, aunque algo más oscura. Su pasada experiencia en Caspak les había enseñado que podían esperar encontrarse con una charca emponzoñada de agua caliente si seguían el arroyo hasta su fuente: pero estaban casi seguros de que encontrarían a algunas de las grotescas criaturas de aspecto humanoide de Caspak.

Desde que desembarcaron del U-33 tras su peligroso viaje a través del canal subterráneo bajo la barrera de acantilados que les había traído al mar interior de Caspak, habían encontrado lo que parecían ser tres tipos distintos de estas criaturas. Estaban los simios puros (grandes bestias parecidas a gorilas), y los que andaban de un modo más erecto y tenían rasgos una pizca más humanos. Luego estaban los hombres como Ahm, a quien habían capturado y confinado en el fuerte: Ahm, el hombre-maza. «Famoso hombre-maza», le había llamado Tyler. Ahm y su pueblo sabían hablar. Tenían un lenguaje que les diferenciaba de la raza inferior a ellos, y caminaban mucho más erguidos y tenían menos pelo: pero era sobre I todo el hecho de que poseían un lenguaje oral y llevaban un arma lo que los diferenciaba de los demás.

Todos estos pueblos habían demostrado ser enormemente beligerantes. Como el resto de la fauna de Caprona, la primera ley de la naturaleza tal como parecían entenderla era matar, matar, matar. Y por eso Bradley no sintió ningún deseo de seguir el pequeño arroyo hasta la charca donde seguro que se encontraban las cuevas de alguna tribu salvaje, pero la fortuna les jugó una mala pasada, pues la charca estaba mucho más cerca de lo que imaginaban, y por eso se la encontraron al atravesar una zona cubierta de vegetación, aunque habían querido evitarla.

Casi simultáneamente apareció frente a ellos un grupo de hombres desnudos y armados con mazas y hachas. Ambos grupos se detuvieron al verse. Los hombres del fuerte vieron ante ellos una partida de caza que evidentemente regresaba a sus cuevas cargada de carne. Eran hombres grandes con rasgos que se parecían mucho a los negros africanos aunque sus pieles eran blancas. Sobre gran parte de sus miembros y cuerpos, que todavía conservaba considerables rastros de antepasados simios, crecía pelo corto. Eran, sin embargo, un tipo claramente superior a los bo-lu, u hombres-maza.

A Bradley le habría gustado evitar un encontronazo: pero como deseaba conducir a su grupo al sur rodeando la charca, y como estaban rodeados por la jungla a un lado y por agua al otro, no parecía posible.

Intentando evitar un enfrentamiento, Bradley dio un paso al frente con la mano alzada.

—Somos amigos -dijo en la lengua de Ahm, el bo-lu, que había sido prisionero del fuerte-, permitidnos pasar en paz. No os haremos daño.

Ante sus palabras, los hombres-hacha soltaron una risotada, fuerte y estentórea.

—No -gritó uno-, no nos haréis daño, porque os mataremos. ¡Venid! ¡Os mataremos! ¡Os mataremos!

Y con gritos terribles cargaron contra los europeos.

—Sinclair, puedes disparar -dijo Bradley tranquilamente-. Abate al líder. No podemos desperdiciar munición.

El inglés se llevó la escopeta a la cara y apuntó rápidamente al pecho del salvaje que saltaba gritando hacia ellos. Directamente tras el líder venía otro hombre-hacha, y con la detonación del rifle de Sinclair, ambos hombres se desplomaron en el suelo, abatidos por la misma bala.

El efecto sobre el resto de la banda fue eléctrico. Como un solo hombre se detuvieron súbitamente, dieron media vuelta y se perdieron en la jungla, donde los europeos pudieron oírlos abriéndose paso en un intento de poner tanta distancia como fuera posible de los autores de este nuevo y terrible ruido que mataba a los guerreros a gran distancia.

Cuando Bradley se acercó a examinarlos, ambos salvajes estaban muertos y cuando los europeos se congregaron alrededor, otros ojos se centraron en ellos con más curiosidad que la que ellos dirigieron a las víctimas de la bala de Sinclair. Cuando el grupo de nuevo reinició la marcha hacia el extremo sur de la charca, el propietario de aquellos ojos los siguió. Eran unos ojos grandes, redondos, casi inexpresivos, excepto por cierta fría crueldad que brillaba maligna bajo sus pálidas pupilas grises.

Sin ser conscientes de que los acechaban, los hombres llegaron por fin a un punto que parecía favorable para acampar. Un arroyo fresco borboteaba en la base de una formación rocosa que se alzaba y en parte cubría un pequeño hueco. Siguiendo una orden de Bradley, los hombres emprendieron las tareas que les habían sido asignadas: recoger leña, encender una hoguera y preparar la cena.

En eso estaban cuando el batir de unas grandes alas llamó la atención de Brady. Alzó la cabeza, esperando ver uno de los grandes reptiles voladores de eras pasadas, el rifle preparado en la mano. Brady era un hombre valiente. Una vez, había subido las escaleras de un edificio de apartamentos y había sacado a un maníaco armado de una habitación oscura sin inmutarse. Pero ahora, al mirar, se puso blanco y retrocedió.

—¡Dios! -casi gritó-. ¿Qué es esto?

Atraídos por el grito de Brady, los otros cogieron sus rifles y siguieron I su mirada espantada, y ninguno de ellos dejó de sentir terror o asombro.

Entonces Brady habló de nuevo con voz casi inaudible.

—¡Que la Santa Madre de Dios nos proteja… es una banshee!

Bradley, siempre frío casi hasta la indiferencia ante el peligro, sintió una extraña sensación reptándole por la piel, mientras lentamente, apenas a treinta metros sobre ellos, el ser cruzó el cielo aleteando, observándolos con sus enormes ojos redondos. Y hasta que desapareció sobre las copas de los árboles de un bosquecillo cercano los cinco hombres permanecieron como paralizados, sin apartar la mirada de su extraña forma. Ninguno de ellos pareció recordar que empuñaba un rifle cargado.

Cuando la criatura pasó, llegó la reacción. Tippet se desplomó y se cubrió la cara con las manos.

—Oh, Dios -gimió-. Sácame de este horrible lugar.

Brady, recuperado de la primera impresión, maldijo en voz alta. Llamó a todos los santos para que fueran testigos de que no tenía miedo y que cualquiera con medio ojo podría haber visto que la criatura no era más que «uno de esos caimanes» que todos conocían.

—Sí -dijo Sinclair con fino sarcasmo-, hemos visto muchos de ellos con mortajas blancas.

—¡Cállate, idiota! -rugió Brady-. Si sabes tanto, dinos entonces qué era.

Entonces se volvió hacia Bradley.

—¿Qué cree que era, señor? -preguntó.

Bradley sacudió la cabeza.

—No lo sé -dijo-. Parecía un ser humano con alas, vestido con una túnica blanca. Su cara era más humana que otra cosa. Eso es lo que me pareció, pero en realidad no sé nada más, pues una criatura semejante está tan por encima de mi conocimiento o mi experiencia como de la vuestra. De lo que estoy seguro es de que, fuera lo que fuese, era bastante material: no era ningún fantasma. Sólo otra de las extrañas formas de vida que hemos encontrado aquí y a las que ya deberíamos de estar acostumbrados.

Tippet alzó la cabeza. Su cara estaba todavía cenicienta.

—No lo sabe -gimió-. Lo ha visto. Cielos, lo ha visto. Era un muerto volando por los aires. ¿No vio sus ojos? ¡Oh, Dios! ¿No los vio?

—No me pareció ni bestia ni reptil -intervino Sinclair-. Me miró directamente cuando alcé la cabeza y vi su cara tan claramente como veo la tuya. Tenía grandes ojos redondos que parecían fríos y muertos, y sus mejillas estaban hundidas, y pude ver sus dientes amarillos tras unos labios finos y tensos... como los de un hombre que lleva mucho tiempo muerto, señor -añadió, volviéndose hacia Bradley.

—¡Sí! -James no había hablado desde que la aparición pasó sobre ellos, y ahora apenas era capaz de articular una serie de pequeños sollozos-. Sí... muerto... hace mucho tiempo. Eso... significa algo. Viene... a por... alguno... A por alguno... de nosotros. Uno de... nosotros... va a morir. ¡Voy a morir! -terminó con un sollozo.

—¡Vamos! ¡Vamos! -exclamó Bradley-. Eso no nos servirá de nada. A trabajar, todos. No podemos perder el tiempo.

Su tono autoritario hizo que todos se pusieran en pie y poco después cada uno se dedicó a sus quehaceres; pero trabajaron en silencio y no hubo cantos ni bromas como en los anteriores campamentos. Hasta que no hubieron comido y repartieron el poco tabaco permitido después de cada cena no mostraron ningún signo de relajación de sus tensos nervios. Fue Brady quien mostró los primeros síntomas de recuperar el buen humor. Empezó a tararear «El largo camino a Tipperary» y poco después a canturrear la letra, pero los demás no le imitaron hasta la tercera canción, e incluso entonces parecía haber una nota de incertidumbre incluso en la más alegre de las tonadas.

En la abertura de su recodo rocoso ardía un fuego que podría mantener a raya a los depredadores carnívoros, y siempre uno de ellos permanecía de guardia, alerta contra el posible ataque de alguna enloquecida bestia de la jungla. Más allá del fuego aparecían manchas verde-amarillentas de llamas, moviéndose inquietas de un lado a otro, apareciendo y desapareciendo, acompañadas de un horrible coro de gritos y gruñidos y rugidos mientras los hambrientos depredadores que cazaban de noche eran atraídos por la luz o el olor de una posible presa.

Pero los cinco hombres se habían vuelto insensibles a aquellas visiones y sonidos. Cantaban o hablaban sin preocuparse, como podrían haber hecho en la barra de cualquier bar en casa.

Sinclair montaba guardia. Los demás escuchaban la descripción que Brady hacía de un atasco de tráfico en el puente de Rush Street durante la hora punta. El fuego chisporroteaba alegremente. Los propietarios de los ojos amarillo-verdosos alzaron sus temibles coros a los cielos. La normalidad parecía haber regresado. Y entonces, como si la mano de la Muerte se hubiera extendido y los hubiera tocado a todos, los cinco hombres se tensaron, rígidos.

Sobre el diapasón nocturno de la jungla sonó un claro batir de alas y en lo alto, a través de la densa noche, una sombra oscura cruzó la luz difusa del fuego del campamento. Sinclair alzó su rifle y disparó. Un extraño gemido llegó flotando y la aparición, fuera lo que fuese, fue engullida por la oscuridad. Durante varios segundos los hombres escucharon el sonido de aquellas alas perdiéndose en la distancia, hasta que ya no pudieron oírlas.

Bradley fue el primero en hablar.

—No tendrías que haber disparado, Sinclair -dijo-. No podemos malgastar munición.

Pero no había ninguna nota de censura en su voz. Era como si comprendiese la reacción nerviosa que había impulsado la acción del otro hombre.

—No pude evitarlo, señor -dijo Sinclair-. Dios, habría hecho falta un hombre de hierro para no dispararle a esa horrible cosa. ¿Cree usted en fantasmas, señor?

—No -respondió Bradley-. No existen esas cosas.

—Eso yo no lo sé -dijo Brady-. Asesinaron a una mujer en un prado cerca de Brighton, le cortaron la garganta de oreja a oreja…

—Cállate -replicó Bradley.

—Mi abuelo vivía en Coppington -dijo Tippet-. Había un viejo castillo en ruinas en una isla cercana, y a media noche veían luces celestes en las ventanas y oían…

—¿Quieres callarte la boca? -demandó Bradley-. Os asustaréis de muerte unos a otros en un minuto. Ahora, a dormir.

Pero pudieron dormir poco esa noche en el campamento hasta que el cansancio absoluto llevó a los agotados hombres al amanecer. Tampoco regresó la extraña criatura que les había puesto a todos los nervios de punta.

Al siguiente mediodía el grupo llegó al pie de la barrera de acantilados, y durante dos días marcharon hacia el norte en un esfuerzo por descubrir una ruptura en la cerrada muralla que alzaba su cara rocosa casi en perpendicular sobre ellos. En ninguna parte encontraron la menor indicación de que los acantilados fueran escalables.

Desanimado, Bradley decidió regresar al fuerte, ya que había excedido el tiempo que Bowen Tyler y él mismo habían concedido a la expedición. Los acantilados se extendían durante muchos kilómetros en dirección noreste, lo cual le indicaba a Bradley que se acercaban al extremo norte de la isla. Según sus mejores cálculos se habían acercado lo suficiente al este durante los dos últimos días como para encontrarse en un punto directamente al norte de Fuerte Dinosaurio, así que no ganarían nada rehaciendo sus pasos, por lo que decidió cortar al sur a través del territorio inexplorado que se encontraba entre ellos y el fuerte.

Esa noche (el 9 de septiembre de 1916), acamparon a corta distancia de los acantilados, en uno de los numerosos arroyuelos fríos que se encuentran en Caspak, a menudo cerca de las aún más numerosas charcas cálidas que desembocan en muchas lagunas. Después de cenar, los hombres se pusieron a fumar y charlar. Tippet estaba de guardia. Ahora los amenazaban menos depredadores nocturnos y los hombres comentaban el hecho de que cuanto más al norte viajaban, menor era el número de todas las especies de animales, aunque tenían claro que habría sido una cantidad sorprendente en cualquier otra parte del mundo. La disminución de la vida reptilesca era el cambio más notable en la fauna del norte de Caspak. Aquí, sin embargo, había formas que no habían visto en ninguna otra parte, algunas de las cuales tenían proporciones gigantescas.

Según su costumbre, todos, con la excepción del hombre de guardia, se acostaron temprano, y no tardaron en quedar dormidos. A Bradley le pareció que acababa de cerrar los ojos cuando se puso en pie, completamente despierto, tras oír un penetrante grito que fue reforzado por la brusca detonación de un rifle que llegó desde la dirección donde Tippet montaba guardia. Mientras corría hacia el hombre, Bradley oyó sobre él el mismo alarido imposible que había afectado a los nervios de todos hacía unas cuantas noches, y el batir de poderosas alas. No tuvo que mirar a la figura vestida de blanco que aleteaba lentamente en la noche para saber que su torvo visitante había regresado.

Los músculos de su brazo, reaccionando a la visión y el sonido de la amenazante forma, llevaron su mano a la culata de su pistola. Pero después de desenfundar el arma, inmediatamente la devolvió a su sitio, encogiéndose de hombros.

—¿Para qué? -murmuró-. No podemos malgastar munición.

Entonces se dirigió rápidamente hacia el lugar donde Tippet yacía boca abajo.

—¿Está muerto, señor? -susurró James mientras Bradley se arrodillaba junto a la forma postrada.

Bradley le dio la vuelta a Tippet y acercó una oreja al corazón del otro hombre. Un momento después alzó la cabeza.

—Desmayado -anunció-. Traed agua. ¡Rápido!

Entonces desabrochó el cuello de la camisa de Tippet y cuando le trajeron el agua arrojó un puñado a la cara del hombre.

Lentamente, Tippet recuperó la consciencia y se sentó. Al principio miró curiosamente los rostros de los hombres que le rodeaban; luego una expresión de terror se apoderó de sus rasgos. Dirigió una mirada sobresaltada al negro vacío del cielo y luego enterró el rostro en sus manos y empezó a sollozar como un niño.

—¿Qué pasa, hombre? -demandó Bradley-. ¡Anímate! No puedes llorar como un bebé. Es una pérdida de energía. ¿Qué pasó?

—¿Qué pasó, señor? -gimió Tippet-. ¡Oh, Dios, señor! Casi me capturó. Estuvo a punto de matarme. Iba a llevarme consigo.

—Déjate de tonterías -replicó Bradley-. ¿Lo viste bien?

Tippet dijo que sí, mucho mejor de lo que habría querido. La criatura casi lo había agarrado, y la había mirado directamente a los ojos.

—Ojos muertos en una cara muerta -describió.

—¿Qué crees que pretendía? -inquirió Brady.

—Era la Muerte -gimió Tippet, estremeciéndose, y de nuevo el pequeño grupo se sumió en la pesadumbre.

Al día siguiente Tippet caminó como si estuviera en trance. Nunca hablaba a menos que fuera para responder a una pregunta directa, y a menudo había que repetírsela antes de que le llamara la atención. Insistía en que ya era hombre muerto, pues si la criatura no venía a por él durante el día nunca sobreviviría a otra noche de agónica aprensión, esperando el temible final que estaba seguro le aguardaba.

—Me encargaré de eso -dijo, y todos supieron que Tippet pretendía quitarse la vida antes de que llegara la oscuridad.

Bradley trató de razonar con él, a su modo breve y cortante, pero pronto vio la futilidad de todo aquello. Y tampoco podía quitarle las armas sin someterlo a una muerte casi segura por parte de cualquiera de los innumerables peligros que encontraban en su camino.

El grupo permanecía sombrío y deprimido. Ya no hacían bromas como antes, aun ante los peligros y peripecias que iban encontrando. La amenaza que los acechaba era nueva, algo que no podían explicar; y por eso, de manera natural, despertaba en ellos temores supersticiosos que la actitud de Tippet tan sólo tendía a aumentar. Para aumentar su desazón, tuvieron que atravesar un tupido bosque, donde, a causa de los matorrales, era difícil hacer siquiera un kilómetro a la hora. Tenían que estar constantemente de guardia para evitar las muchas serpientes de diverso grado de repulsión y tamaño que infestaban el bosque; y el único rayo de esperanza al que podían aferrarse era que el bosque, como la mayoría de los bosques caspakianos, no tendría una extensión considerable.

Bradley encabezaba la marcha cuando se topó de repente con una grotesca criatura de titánicas proporciones. Agazapado entre los árboles, que ahora comenzaban a reducirse, Bradley vio lo que parecía ser un dragón enorme devorando el cadáver de un mamut. Desde sus poderosas mandíbulas hasta la punta de su larga cola mediría más de doce metros de longitud. Su cuerpo estaba cubierto con placas de gruesa piel que tenían un enorme parecido con las placas de una armadura.

La criatura vio a Bradley casi en el mismo momento en que él la veía y se alzó sobre sus enormes patas traseras hasta que su cabeza se elevó a más de siete metros del suelo. De las cavernosas mandíbulas surgió un sonido sibilante igual al del vapor de las válvulas de seguridad de media docena de locomotoras, y entonces la criatura se abalanzó hacia el hombre.

—¡Dispersaos! -gritó Bradley a los que le seguían, y todos menos Tippet acataron la orden.

Tippet se quedó como aturdido, y cuando Bradley vio que corría peligro, también él se detuvo y se dio media vuelta para enviar una bala contra el enorme corpachón que se abría paso entre los árboles hacia él. La bala alcanzó a la criatura en el vientre, donde no tenía protección, provocando una nueva nota que se alzó hasta convertirse en alarido. Fue entonces cuando Tippet pareció salir de su trance, pues con un grito de terror se dio media vuelta y corrió hacia la izquierda. Bradley, al ver que tenía una oportunidad tan buena como la de los demás para escapar, dirigió ahora su atención a su propia seguridad. Como el bosque parecía más denso a la derecha, corrió en esa dirección, esperando que los árboles arracimados impidieran la persecución del gran reptil.

El dragón dejó de prestarle atención, sin embargo, pues la súbita carrera de Tippet hacia la libertad había atraído su curiosidad. Y detrás de Tippet fue, derribando árboles pequeños, desenraizando los matorrales y dejando tras de sí la estela de un pequeño tornado.

Bradley, en el momento en que descubrió que la bestia perseguía a Tippet, la siguió. Tenía miedo de disparar por temor a herir al hombre, y por eso no los alcanzó hasta el mismo momento en que el monstruo saltaba hacia su amigo. Los afilados espolones de los miembros delanteros agarraron al pobre Tippet, y Bradley vio cómo el desgraciado era elevado del suelo mientras la criatura se alzaba de nuevo sobre sus patas traseras, transfiriendo inmediatamente el cuerpo de Tippet a sus mandíbulas abiertas, que se cerraron con un sonido aplastante y enfermizo mientras los huesos de Tippet se rompían bajo los grandes dientes.

Bradley alzó su rifle para disparar otra vez y entonces lo bajó, meneando la cabeza. No se podía hacer nada por Tippet, ¿por qué malgastar una bala que Caspak no podría reemplazar nunca? Si pudiera escapar ahora sin llamar la atención del monstruo sería más inteligente que desperdiciar su vida buscando una venganza inútil. Vio que el reptil no miraba en su dirección, y por eso se deslizó sin hacer ruido tras el tronco de un gran árbol y desde allí se encaminó en la dirección que creía habían tomado los demás. Cuando llegó a una distancia que consideró segura, se volvió y miró hacia atrás. Medio oculta por los árboles, todavía podía ver la enorme cabeza y las gigantescas mandíbulas de la que sobresalían las piernas flácidas del muerto. Entonces, como golpeada por el martillo de Thor, la criatura se desplomó en el suelo. La bala de Bradley, tras penetrar el cuerpo a través de la suave piel del vientre, había matado al titán.

Unos minutos más tarde, Bradley encontró a los demás miembros de la partida. Los cuatro regresaron cautelosamente al lugar donde yacía la criatura, y después de convencerse de que estaba muerta se acercaron a ella. Sacar los restos triturados de Tippet de las poderosas mandíbulas fue una labor ardua y repugnante, y los hombres trabajaron en su mayor parte en silencio.

—Fue obra de una banshee, desde luego -murmuró Brady-. Advirtió al pobre Tippet, vaya si no.

—Lo mató, eso es lo que hizo, y matará a algunos de nosotros -dijo James, su labio inferior temblando.

—Si fue un fantasma -intervino Sinclair-, y no digo que lo fuera, pero si lo fue, bueno, podría tomar cualquier forma que quisiera. Podría haberse convertido en esta cosa, que no es un ser natural, sólo para acabar con el pobre Tippet. Si hubiera sido un león o algo más parecido a un humano no parecería tan extraño. Pero esta cosa no parece humana. Nunca ha habido una criatura así.

—Las balas no matan a los fantasmas -dijo Bradley-, así que esta cosa no pudo ser un fantasma. Además, los fantasmas no existen. He estado intentando situar a esta criatura. Y me acabo de dar cuenta. Es un tiranosaurio. Vi la foto de un esqueleto en una revista. Hay uno en el Museo de Historia Natural de Nueva York. Me parece que decía que lo encontraron en un lugar llamado Hell Creek, en el oeste americano. Se supone que vivió hace seis millones de años.

—Hell Creek está en Montana -dijo Sinclair-. Yo fui vaquero en Wyoming, y he oído hablar de Hell Creek. ¿Cree que este bicho tiene seis millones de años? -su tono era escéptico.

—No -replicó Bradley-. Pero eso indicaría que la isla de Caprona ha permanecido casi sin cambiar desde hace más de seis millones de años.

La conversación y la seguridad de Bradley de que la criatura no tenía ningún origen sobrenatural ayudó a elevar un poco el ánimo de los hombres. Y entonces llegó otra diversión en la forma de ansiosos depredadores atraídos al lugar por el sorprendente sentido del olfato que los había llevado a presencia de carne, muerta y preparada para ser devorada.

Fue una batalla constante mientras cavaban una tumba y consagraban los restos mortales de John Tippet al que sería su último lugar de solitario descanso. No quisieron marcharse, sino que se quedaron hasta dar forma a una ruda lápida hecha con un bloque de piedra y recoger un puñado de hermosas flores que crecían en profusión alrededor y amontonar la tumba recién hecha con sus brillantes capullos.

En la lápida, Sinclair grabó con rudos caracteres las palabras:

AQUÍ YACE JOHN TIPPET, INGLÉS

MUERTO POR UN TIRANOSAURIO

R.I.P.

Y Bradley pronunció una corta oración antes de que dejaran a su camarada para siempre.

Durante tres días el grupo se dirigió al sur a través de bosques y prados y grandes zonas llanas donde pastaban incontables animales herbívoros: ciervos y antílopes y bos y pequeños ecca, la especie más pequeña de caballo caspakiano, del tamaño aproximado de un conejo. Había también otros caballos; pero todos eran pequeños, siendo el más grande de poco más de ocho palmos de altura. Los herbívoros sufrían constantemente el acoso de los depredadores, grandes y pequeños: lobos, hyaenadones, panteras, leones, tigres y osos además de varias grandes y feroces especies de vida reptilesca.

El 12 de septiembre la partida escaló unos acantilados de piedra caliza que cruzaban su ruta hacia el sur; pero lo hicieron sólo después de un encuentro con la tribu que habitaba las numerosas cuevas que horadaban la superficie de la montaña. Esa noche acamparon en una llanura rocosa que estaba escasamente salpicada de arbustos, y una vez más fueron visitados por la extraña aparición nocturna que ya los había llenado de innombrable terror.

Igual que la noche del 9 de septiembre, la primera advertencia la dio el centinela que montaba guardia mientras sus compañeros dormían. Un grito de terror reforzado por el disparo de un rifle hizo que Bradley, Sinclair y Brady se pusieran en pie a tiempo para ver a James, con la culata del rifle, batallar contra una figura vestida de blanco que flotaba con sus alas desplegadas por encima de la cabeza del inglés. Mientras corrían, gritando, comprendieron que la extraña y terrible aparición pretendía apoderarse de James, pero cuando vio que los demás acudían a su rescate, desistió, y se marchó aleteando, sus largas alas irregulares produciendo aquellas peculiares notas que siempre caracterizaban el sonido de su vuelo.

Bradley disparó a la amenaza de su paz y seguridad mientras se desvanecía en el aire. Pero ninguno pudo decir si lo alcanzó o no, pues después del disparo oyeron el mismo gemido penetrante que en otras ocasiones les había helado la sangre en las venas.

Entonces se volvieron hacia James, que yacía boca abajo en el suelo, temblando como en estado febril. Durante un rato no pudo ni siquiera hablar, pero por fin recuperó la suficiente compostura para decirles cómo la criatura debió cernirse sobre él desde arriba y desde atrás, ya que la primera premonición de peligro que había recibido fueron las largas uñas como garras que lo agarraron por los brazos. En el forcejeo el rifle se disparó y él se zafó al mismo tiempo y se volvió para defenderse con la culata. El resto ya lo habían visto.

Desde ese momento James fue un hombre absolutamente roto. Con labios temblorosos dijo que su destino estaba sellado, que la criatura lo había marcado ya, que valía tanto como muerto, y ningún argumento ni discusión consiguió convencerlo de lo contrario. Había visto a Tippet marcado y reclamado y ahora él había sido marcado también. Sus constantes referencias a esta creencia tuvieron su efecto en el resto del grupo. Incluso Bradley se sintió deprimido, aunque por el bien de los demás consiguió ocultarlo bajo un alarde de seguridad que distaba mucho de sentir.

Y al día siguiente, el 13 de septiembre de 1916, William James murió al ser atacado por un tigre de dientes de sable. Bajo un árbol en la llanura pedregosa al norte del país de los sto-lu en la tierra que el tiempo olvidó, yace en una tumba solitaria marcada por una burda lápida.

Tres hombres sombríos y silenciosos marcharon entonces hacia el sur. Según los cálculos de Bradley estaban a unos cuarenta kilómetros de Fuerte Dinosaurio, al que podrían llegar al día siguiente, por lo que siguieron avanzando hasta que la oscuridad los cubrió. Con la precaria seguridad que les daba estar a algo más de veinte kilómetros, acamparon por fin, pero ya no cantaban ni bromeaban. En el fondo de sus corazones, cada uno rezaba por poder sobrevivir a esta noche, pues sabían que durante el día harían el último trecho y sentían la tensión de que aquella horrible cosa pudiera caer sobre ellos desde el negro cielo, marcando a otro de ellos. ¿Quién sería el siguiente?

Como era su costumbre, hicieron turnos para montar guardia, cada hombre veló dos horas y luego despertó al siguiente. Brady hizo la guardia de ocho a diez, seguido por Sinclair de diez a doce, y luego despertó Bradley. Brady haría la última guardia de dos a cuatro, ya que habían decidido que en el momento en que hubiera luz suficiente para asegurarles una seguridad relativa se pondrían en marcha.

El chasquido de una rama despertó a Brady de un sueño profundo, y cuando abrió los ojos vio que era plena luz del día y que a veinte pasos de él se encontraba un león enorme. Cuando el hombre se ponía en pie de un salto, el rifle preparado en la mano, Sinclair despertó y advirtió lo que sucedía con una rápida mirada. El fuego se había apagado y no se veía a Bradley por ninguna parte. Durante un largo instante el león y los hombres se miraron. A los hombres no les habría importado no disparar si la bestia se hubiera ocupado de sus propios asuntos: bien que se habrían alegrado de dejarlo marchar si hubieran podido, pero el león pensaba diferente.

De repente la larga cola se alzó erecta, y como si hubieran estado unidos, los rifles hablaron al unísono, pues ambos hombres conocían demasiado bien esta señal: el inmediato heraldo de un ataque mortal. Como el león tenía alzada la cabeza, su espina dorsal no era visible, y por eso hicieron lo que por larga experiencia sabían que era lo mejor. Cada uno se encargó de una pata delantera, y cuando la cola se agitó, dispararon. Con un horrible rugido el poderoso carnívoro se abalanzó al suelo con las dos patas delanteras rotas. Fue cosa fácil un instante antes de que la bestia atacara: después, habría sido una hazaña casi imposible. Brady se acercó y lo remató con un tiro en la base del cráneo, no fuera a ser que sus terroríficos rugidos atrajeran a su compañera o a otros de su especie.

Entonces los dos hombres se volvieron y se miraron el uno al otro.

—¿Dónde está el teniente Bradley? -preguntó Sinclair.

Se acercaron al fuego. Sólo quedaban ascuas humeantes. A unos pocos metros se encontraba el rifle de Bradley. No había signos de pelea. Los dos hombres rodearon varías veces el campamento y en la última ronda Brady se agachó y recogió un objeto a unos diez metros de la hoguera: la gorra de Bradley.

De nuevo los dos se miraron, intrigados, y luego, simultáneamente, ambos volvieron la mirada al cielo. Un momento después Brady se puso a examinar el suelo cerca del lugar donde se encontraba la gorra de Bradley. Era una de esas yermas extensiones de arena que habían encontrado solo en esa llanura pedregosa. Las pisadas de Brady se marcaban tan claramente como la tinta negra sobre el papel blanco; pero era el único pie que había marcado la lisa superficie, No había ninguna indicación de que Bradley hubiera estado aquí, aunque su gorra yacía en el centro del terreno.

Sin desayunar, y con los nervios destrozados, los dos supervivientes se zambulleron locamente en la larga marcha del día. Ambos eran hombres fuertes, valientes, llenos de recursos, pero habían llegado al límite de la fortaleza humana y sentían que preferían morir antes que pasar otra noche al descubierto en aquella tierra terrible. En la mente de cada uno estaba vivida la imagen del final de Bradley, pues aunque ninguno había sido testigo de la tragedia, ambos podían imaginar claramente lo que había ocurrido. No lo discutieron, ni siquiera lo mencionaron, pero durante todo el día lo que más acudió a la mente de cada uno de ellos fue una imagen similar, donde eran las víctimas si no conseguían llegar a Fuerte Dinosaurio antes de que oscureciera.

Y así fueron avanzando con intrépida velocidad, sus ropas, sus manos, sus caras arañadas por los matorrales que se extendían para retrasarlos. Una y otra vez cayeron, pero siempre uno de ellos esperaba y ayudaba al otro y a ninguno se le pasó por la cabeza la tentación de abandonar a su compañero: llegarían al fuerte juntos si ambos sobrevivían, o no llegaría ninguno.

Encontraron el número habitual de bestias y reptiles salvajes, pero se enfrentaron a ellos con el valor y la intrepidez nacidos de la desesperación, y gracias a la misma locura del riesgo que corrían, salieron ilesos y con un mínimo de retraso.

Poco después del mediodía llegaron al final de la altiplanicie. Ante ellos había un descenso de sesenta metros hasta el valle de abajo. A la izquierda, en la distancia, podían ver las aguas del gran mar interior que cubre una considerable porción de la zona de la isla cráter de Caprona y un poco más al sur de los acantilados vieron una fina espiral de humo alzándose sobre las copas de los árboles.

El paisaje era familiar. Lo reconocieron inmediatamente y supieron que aquella columna de humo indicaba el lugar donde se encontraba el Fuerte Dinosaurio. ¿Estaba el fuerte todavía en pie, o el humo se alzaba de las ascuas del edificio que habían ayudado a construir para que albergara a su grupo? ¡Quién podía decirlo!

Treinta preciosos minutos que parecieron otras tantas horas a los impacientes hombres fueron consumidas en la localización de un precario camino desde la cumbre a la base de los acantilados que limitaban la altiplanicie al sur, y entonces una vez más se encaminaron hacia su objetivo. Cuanto más se acercaban al fuerte más grande era su impresión de que algo iba mal.

Imaginaron los barracones desiertos o a la pequeña compañía masacrada y los edificios en ruinas. Casi en medio de un frenesí de miedo cruzaron los últimos tramos de la jungla y se encontraron por fin al borde del prado, a un kilómetro de Fuerte Dinosaurio.

—¡Señor! -exclamó Sinclair-. ¡Todavía están ahí!

Y cayó de rodillas, sollozando.

Brady temblaba como una hoja cuando se persignó y dio gracias en silencio, pues ante ellos se alzaban los fuertes bastiones del fuerte y de dentro del recinto se alzaba una fina espiral de humo que indicaba el emplazamiento de la cocina. ¡Todo iba bien, entonces, y sus camaradas estaban preparando la cena!

Cruzaron corriendo el claro como si no hubieran cubierto ya en un solo día un territorio hirsuto y primigenio que bien podría haber requerido dos días a hombres frescos y descansados. Cuando consideraron que podían oírlos empezaron a gritar de tal manera que al instante unas cabezas se asomaron a lo alto del parapeto y pronto unos gritos de respuesta se alzaron desde dentro de Fuerte Dinosaurio. Un momento después tres hombres salieron del recinto y recibieron a los supervivientes y escucharon la apresurada historia de los once aciagos días que habían transcurrido desde que iniciaron su expedición a la barrera de acantilados. Oyeron las muertes de Tippet y James y la desaparición del teniente Bradley, y un nuevo terror se apoderó del fuerte.

Olson, el maquinista irlandés, con Whitely y Wilson constituían los restos de los defensores de Fuerte Dinosaurio, y narraron a Sinclair y Brady los acontecimientos que habían tenido lugar desde que Bradley y su grupo se marcharon el 4 de septiembre. Les contaron el infame acto del barón Friedrich von Schoenvorts y su tripulación alemana, quienes habían robado el U-33, rompiendo su palabra, y huyendo hacia la abertura subterránea a través de la barrera de acantilados que llevaba las aguas del mar interior al Océano Pacífico; y contaron también el cobarde bombardeo del fuerte.

Les contaron la desaparición de la señorita La Rué el 11 de septiembre, y la partida de Bowen Tyler en su busca, acompañado sólo de su terrier airedale, Nobs. Así del grupo original de once aliados y nueve alemanes que había constituido la compañía del U-33 cuando dejaron aguas inglesas tras la captura del remolcador inglés, ahora sólo quedaban cinco en Fuerte Dinosaurio. Se sabía que Benson, Tippet, James, y uno de los alemanes habían muerto. Se suponía que Bradley, Tyler y la muchacha ya habían sucumbido ante los salvajes habitantes de Caspak, mientras que el destino de los alemanes era igualmente desconocido, aunque bien podían creer que habrían logrado escapar. Habían tenido tiempo de sobra para aprovisionar el submarino y el refinamiento del petróleo crudo que habían descubierto al norte del fuerte podía haberles asegurado un amplio suministro para llevarlos de vuelta a Alemania.

Capítulo II

Cuando Bradley se encargó de la guardia la media noche del 14 de septiembre, sus pensamientos estaban principalmente ocupados con la alegre idea de que la noche casi había terminado sin ningún incidente serio y que mañana sin duda regresarían todos a salvo a Fuerte Dinosaurio. Su esperanzado estado de ánimo se tiñó de pesar al recordar a los dos miembros de su grupo que yacían en la salvaje jungla y para quienes nunca habría ya una bienvenida a casa.

Ninguna premonición de un mal inminente arrojó sombras sobre sus expectativas del día por venir, pues Bradley era un hombre que, aunque tomaba todas las precauciones posibles contra el peligro, no permitía que ningún torvo presagio lastrara su ánimo. Cuando amenazaba el peligro, él estaba preparado; pero no evitaba el riego eternamente, y por eso cuando a eso de la una de la madrugada oyó el batir de alas gigantes en el cielo, no se sorprendió ni se asustó sino que se preparó para el ataque que sabía era de esperar.

El sonido parecía proceder del sur, y poco después, por encima de las copas de los árboles en esa dirección, Bradley distinguió una forma oscura revoloteando. Bradley era un hombre valiente, pero tan aguda fue la sensación de repulsión engendrada por la visión y el sonido de aquella forma oscura e imposible, que se abstuvo de seguir su instintiva urgencia por disparar contra el intruso nocturno. Habría sido mucho mejor que hubiera cedido a la insistente demanda de su subconsciente, pero su obsesión casi fanática por ahorrar munición le jugó ahora a la contra, pues aunque su atención estaba concentrada en la cosa que revoloteaba ante él y mientras sus oídos se llenaban del batir de sus alas, de la negra noche apareció tras él otra forma extraña y fantasmal. Con sus enormes alas cerradas en parte para lanzarse en picado y su túnica blanca aleteando tras su estela, la aparición se abalanzó contra el inglés.

Tan grande fue la fuerza del impacto cuando la criatura golpeó a Bradley entre los hombros que el hombre quedó medio aturdido. Perdió el rifle de las manos, y sintió unos espolones como cuchillos agarrarlo por debajo de los brazos y levantarlo. Y entonces la criatura se elevó rápidamente con él, tan velozmente que el aire le arrancó la gorra de la cabeza mientras era alzado al cielo negro y el grito de advertencia a sus compañeros se ahogaba en sus pulmones.

La criatura giró inmediatamente hacia el este y de inmediato fue seguida por su compañero, quien los sobrevoló una vez y luego se situó detrás. Bradley advirtió ahora la estrategia que la pareja había utilizado para capturarlo y llegó a la conclusión de que estaba en poder de seres inteligentes, parientes cercanos de la raza humana, aunque no lo fueran de hecho.

Su experiencia pasada le sugirió que las grandes alas eran parte de algún ingenioso artilugio mecánico, pues las limitaciones de la mente humana, que siempre se niegan a aceptar lo que está más allá de su propia experiencia, no le permitían albergar la idea de que las criaturas pudieran tener alas naturales y ser al mismo tiempo de origen humano. Desde su posición Bradley no podía ver las alas de su captor, ni en la oscuridad había podido examinar de cerca las de la segunda criatura cuando revoloteó ante él. Prestó atención por si oía el zumbido de un motor o algún otro sonido delator que demostrara lo acertado de su teoría. Sin embargo, no captó más que el constante aleteo.

Poco después, muy por debajo y por delante, vio las aguas del mar interior, y un momento más tarde se encontró sobre ellas. Entonces su captor hizo algo que demostró a Bradley sin ninguna duda que estaba en manos de seres humanos que habían diseñado un plan casi perfecto para duplicar, mecánicamente, las alas de un ave: la criatura le habló a su compañero en un lenguaje que Bradley comprendía en parte, ya que reconoció palabras que había aprendido de las salvajes razas de Caspak. A partir de esto juzgó que eran humanos, y al ser humanos, supo que no podían tener alas naturales… ¿pues quién había visto jamás a un ser humano adornado así? Por tanto, sus alas debían ser mecánicas. Así razonaba Bradley, como razonaríamos la mayoría de nosotros, no según lo que podría ser posible, sino según lo que cae dentro del alcance de nuestra experiencia.

Lo que les oyó decir fue que tras haber cubierto la mitad de la distancia, podían pasar la carga de uno a otro. Bradley se preguntó cómo iban a realizar el intercambio. Sabía que aquellas gigantescas alas no permitirían que las criaturas se acercaran lo suficiente para efectuar el traspaso de esa manera, pero pronto descubrió que tenían otros medios para hacerlo.

Sintió que la cosa que lo llevaba se elevaba aún más, y bajo él atisbo momentáneamente la segunda figura vestida de blanco. Entonces la criatura de arriba trinó una llamada, que fue respondida desde abajo, y al instante Bradley sintió que los espolones lo soltaban. Jadeando en busca de aliento, cayó a través del espacio.

Durante un aterrador instante, preñado de horror, Bradley cayó. Entonces algo lo agarró por detrás, otro par de espolones lo sujetaron por debajo de los brazos, su caída fue refrenada y, cuando ya estaba cerca de la superficie del mar, volvió a elevarse. Igual que un halcón se lanza a capturar un pajarillo, este gran pájaro humano se abalanzó hacia Bradley. Fue una experiencia aterradora, pero breve, y una vez más el cautivo fue transportado rápidamente hacia el este y hacia un destino que no podía imaginar siquiera.

Inmediatamente después de este traspaso en el aire, Bradley distinguió la forma oscura de una gran isla por delante, y poco después advirtió que éste debía ser el destino de sus captores. No se equivocó. Tres cuartos de hora después de su secuestro, sus captores se posaron suavemente en tierra, en la ciudad más extraña que el ojo humano haya visto jamás. Bradley apenas pudo ver un leve atisbo de lo que le rodeaba antes de que lo empujaran al interior de uno de los edificios, pero en aquella ojeada momentánea vio extraños montones de piedra y madera y lodo que ciaban forma a edificios de todo tipo de tamaño y estructura, a veces apilados unos encima de otros, a veces alzándose solos en patios abiertos, pero normalmente juntos y apretujados, de modo que no había calles ni callejones entre ellos, más que unos pocos que terminaban casi donde empezaban. Las puertas principales parecían estar en los techos, y fue a través de una de ellas por las que Bradley fue introducido en el oscuro interior de una habitación de techo bajo. Aquí, lo empujaron bruscamente hacia un rincón donde tropezó con una gruesa estera, y allí lo dejaron sus captores. Los oyó moverse en la oscuridad durante un momento, y varias veces vio brillar sus ojos luminosos. Finalmente, desaparecieron y reinó el silencio, roto tan sólo por una respiración que indicó al inglés que dormían en algún lugar del mismo apartamento.

Ahora quedó claro que la estera del suelo era para dormir y que el empujón que le habían dado era una ruda invitación al reposo. Después de comprobar su estado y asegurarse que aún tenía su pistola y munición, algunas cerillas, un poco de tabaco, una cantimplora llena de agua y una navaja de afeitar, Bradley se acomodó en la estera y pronto se quedó dormido, sabiendo que intentar huir en la oscuridad sin conocer sus inmediaciones estaría condenado al fracaso.

Cuando despertó era de día, y lo que vieron sus ojos le hizo frotárselos una y otra vez para asegurarse de que los tenía en verdad abiertos y que no estaba soñando. Una amplia lanzada de luz entraba por la puerta abierta del techo de la habitación, que tenía unos diez metros cuadrados, más o menos, pues era de forma irregular, con un lado curvado hacia afuera, otro se combaba hacia adentro por lo que podría ser la esquina de otro edificio anexo, otra mostraba los tres lados de un octágono, mientras que la cuarta pared era de contorno serpentino. Dos ventanas dejaban entrar más luz, mientras que las puertas evidentemente daban paso a otras habitaciones. Las paredes estaban parcialmente cubiertas con finas franjas de madera, hermosamente encajadas y terminadas, pulidas en parte y el resto cubiertas con un fino paño tejido. Había figuras de reptiles y bestias pintadas sin seguir ningún plan uniforme por las paredes. Un rasgo sorprendente de la decoración consistía en varias columnas situadas en las paredes sin seguir ningún intervalo regular, cuyos capiteles mostraban un cráneo humano que tocaba el techo, pero Bradley no sabía si se trataba del sombrío recuerdo de parientes muertos o de algún horrible rito tribal.

Sin embargo, no fue nada de esto lo que le llenó de asombro. No, fueron las figuras de las dos criaturas que lo habían capturado y lo habían traído aquí. En un extremo de la habitación había una recia vara de unas dos pulgadas de diámetro que corría horizontalmente de pared a pared, a unos dos metros del suelo, sus extremos fijos en dos de las columnas. Colgando de las rodillas de este asidero, las cabezas hacia abajo y los cuerpos envueltos en sus grandes alas, dormían las criaturas de la noche anterior... como dos grandes y horribles murciélagos.

Mientras Bradley las contemplaba con asombro, vio claramente que toda su inteligencia, todo su conocimiento adquirido a través de años de observación y experiencia no valían nada ante la sencilla evidencia que se presentaba ante sus ojos: las alas de las criaturas no eran aparatos mecánicos, sino apéndices naturales, como sus brazos y sus piernas, que crecían a partir de sus omóplatos. También vio que, a excepción de las alas, la pareja tenía un gran parecido a los seres humanos, aunque creados en un molde más grotesco.

Mientras los contemplaba, uno de ellos despertó, separó las alas para liberar los brazos que tenía cruzados sobre el pecho, colocó las manos en el suelo, soltó los pies y se irguió. Durante un instante extendió lentamente sus grandes alas, parpadeando solemne sus grandes ojos redondos. Entonces su mirada se posó sobre Bradley. Los finos labios se replegaron para mostrar unos dientes amarillos, con una mueca horrible. No podía considerarse una sonrisa, y el inglés no pudo imaginar qué emoción registraban. Ninguna emoción alteró la fija mirada de aquellos ojos grandes y redondos; no había color ninguno en las mejillas hundidas y pálidas. Era la mueca de una calavera, como si un hombre muerto hacía mucho tiempo hubiera alzado de la tumba su cráneo cubierto de pellejo reseco. La criatura tenía la altura de un hombre medio, pero parecía mucho más alto por el hecho de que las articulaciones de sus largas alas se alzaban más de un palmo sobre su cabeza sin pelo. Los brazos desnudos eran largos y nudosos, y terminaban en manos fuertes y huesudas con dedos como garras, casi parecidos a espolones. La túnica blanca se abría por delante, revelando piernas huesudas y el hecho de que la criatura no llevaba otro atuendo sino aquel, que era de fina tela tejida. De la cabeza a los pies las porciones del cuerpo que quedaban al descubierto carecían por completo de pelo, y al advertir esto, Bradley notó también por primera vez que gran parte de la aparente falta de expresión de la criatura se debía a que no tenía pestañas ni cejas. Las orejas eran pequeñas y aplastadas contra el cráneo, que era redondeado, aunque la cara era plana. La criatura tenía pies pequeños, hermosamente arqueados y gruesos, pero tan alejados de los demás atributos físicos que poseía que parecían ridículos.

Después de observar a Bradley durante un momento, la criatura se le acercó.

—¿De dónde eres? -preguntó.

—De Inglaterra -respondió Bradley, con la misma brevedad.

—¿Dónde está Inglaterra y qué? -continuó el interrogador.

—Es un país lejos de aquí -contestó el inglés.

—¿Es tu gente cor-sva-jo o cos-ata-lu?

—No te comprendo -dijo Bradley-. Y ahora supongamos que tú contestas a unas cuantas preguntas. ¿Quién sois? ¿Qué país es éste? ¿Por qué me habéis traído aquí?

De nuevo aquella mueca sepulcral.

—Somos wieroo. Luata es nuestro padre. Caspak es nuestro. Este, nuestro país, se llama Oo-oh. Te trajimos aquí para que El Que Habla Por Luata te mire e interrogue. Querrá saber de dónde vienes y por qué, pero sobre todo si eres cos-ata-lu.

—Y si no soy eos… como se diga, ¿qué?

El wieroo alzó las alas con un gesto muy humano, como de encogerse de hombros, y señaló con sus garras huesudas los cráneos humanos que sostenían el techo. Su gesto fue elocuente, pero lo embelleció argumentando:

—Y posiblemente sí lo eres.

—Tengo hambre -replicó Bradley.

El wieroo le señaló una de las puertas, que abrió, permitiendo que Bradley pasara a otro tejado en un nivel inferior al que habían aterrizado la noche anterior. A la luz del día la ciudad parecía aún más notable que a la luz de la luna, aunque menos extraña e irreal. Las casas de todas las formas y tamaños estaban apiladas como un niño podría apilar bloques de diversas formas y colores. Ahora vio que había lo que podían ser considerados callejones o callejas, pero que se extendían en sorprendentes giros y vueltas, sin llegar jamás a un destino, terminando siempre en una pared sin salida donde algún wieroo había construido una casa.

En cada casa había una fina columna sosteniendo un cráneo humano. A veces las columnas estaban en un rincón del techo, a veces en otro, o se alzaban en el centro o cerca del centro, y las columnas eran de alturas diversas, desde la altura de un hombre hasta las que se elevaban seis metros por encima de sus techos. Los cráneos, por norma, estaban pintados de azul o blanco, o de una combinación de ambos colores. Los más efectivos estaban pintados de azul con los dientes blancos y las cuencas de los ojos veteadas de blanco.

Había otros cráneos, miles de ellos, decenas, centenas de millares. Cubrían los tejados de cada casa, adornaban las paredes exteriores y no muy lejos de donde se encontraba Bradley se alzaba una torre redonda construida enteramente con cráneos humanos. Y la ciudad se extendía en cada dirección hasta donde alcanzaba la vista del inglés.

A su alrededor los wieroo se movían por los tejados y revoloteaban por el aire. El triste sonido del batir de sus alas subía y caía como un solemne canto fúnebre. La mayoría iban vestidos todos de blanco, igual que los que le habían capturado, pero otros tenían marcas de rojo o azul o amarillo en la parte delantera de sus túnicas.

Su guía señaló una puerta en una calleja bajo ellos. -Ve allí y come -ordenó-, y luego vuelve. No puedes escapar. Si alguien te pregunta, di que perteneces a Fosh-bal-soj. Ese es el camino. Y señaló la parte superior de una escala que sobresalía de los aleros del tejado cercano. Luego se volvió y entró de nuevo en la casa.

Bradley miró a su alrededor. No, no podía escapar, eso parecía evidente. La ciudad parecía interminable, y más allá de la ciudad, si no una jungla salvaje llena de bestias, estaba el mar interno infestado de horribles monstruos. No era extraño que sus captores se sintieran a salvo dejándolo suelto en Oo-oh. Se preguntó si ese era el nombre del país o de la ciudad y si había otras ciudades como ésta en la isla.

Lentamente bajó por la escala hasta el callejón aparentemente desierto, que estaba pavimentado con lo que parecían ser grandes y redondos adoquines. Miró de nuevo el liso y gastado pavimento, y una mueca de tristeza cruzó sus rasgos: el callejón estaba pavimentado con cráneos.

—La Ciudad de los Cráneos Humanos -murmuró Bradley-. Deben de haber estado coleccionándolos desde los tiempos de Adán -pensó, y entonces cruzó la calle y entró en el edificio a través de la puerta que le habían indicado.

Dentro encontró una gran sala donde había muchos wieroos sentados ante pedestales cuya parte superior estaba hueca, de manera que parecían los bebederos corrientes para pájaros y abrevaderos que se encuentran en los campos. Un asiento sobresalía de cada uno de los cuatro lados del pedestal, apenas una tabla plana que corría en diagonal desde su extremo externo hasta la base.

Cuando Bradley entró, algunos de los wieroos lo espiaron, y emitieron un extraño quejido. Bradley no sabía si era un saludo o una amenaza. De repente, de un oscuro hueco otro wieroo se abalanzó hacia él.

—¿Quién eres? -chilló-. ¿Qué quieres?

—Fosh-bal-soj me envió aquí a comer -replicó Bradley.

—¿Perteneces a Fosh-bal-soj? -preguntó el otro.

—Parece que eso es lo que cree -respondió el inglés.

—¿Eres cos-ata-lu? -demandó el wieroo.

—Dame algo de comer y seré todo eso -replicó Bradley.

El wieroo pareció sorprendido.

—Siéntate aquí, jaal-lu -ordenó, y Bradley se sentó sin saber que lo había insultado llamándolo hombre-hiena, una apelación despectiva en Caspak. El wieroo se sentó en un pedestal a su lado, y mientras Bradley esperaba, miró a su alrededor y al wieroo. Vio que en cada abrevadero había una cantidad de comida, y que cada wieroo iba armado con un pincho de madera, afilado por un extremo, con el que se llevaban a la boca sólidas porciones de comida. En el otro extremo del pincho había una pequeña concha de almeja que se utilizaba para recoger las porciones más pequeñas y blandas de la comida de la que los cuatro ocupantes de cada mesa picoteaban imparcialmente. Los wieroo se inclinaban sobre su comida, comiéndola rápidamente y con mucho ruido, y tan grande era su prisa que una parte de cada bocado caía siempre en el plato común. Y cuando se atragantaban, debido a la rapidez con la que trataban de engullir, a menudo la perdían toda. Bradley se alegró de tener un pedestal para él solo.

Pronto el dueño del lugar regresó con un cuenco de madera lleno de comida. Lo vació en el «abrevadero» de Bradley. El inglés se alegró de no poder ver el oscuro rincón ni saber cuáles eran los ingredientes de lo que tenía delante, pues tenía mucha hambre.

Después del primer bocado se preocupó aún menos por investigar los antecedentes del plato, pues lo encontró particularmente sabroso. Parecía ser una combinación de carne, frutas, verduras, peces pequeños y otros alimentos indistinguibles, todos sazonados para producir un efecto gastronómico que era a la vez sorprendente y delicioso.

Cuando terminó, su abrevadero estaba vacío, y entonces empezó a preguntarse quién iba a pagar su comida. Mientras esperaba a que regresara el propietario, examinó el plato que había comido y el pedestal donde descansaba. La fuente era de piedra gastada por el uso, los cuatro bordes exteriores ahuecados y pulidos por el contacto de incontables cuerpos wieroo que se habían apoyado contra ellos durante quién sabe cuánto tiempo. Todo en el lugar transmitía la impresión de edad. Los pedestales tallados estaban negros por el uso, los asientos de madera estaban huecos por el desgaste, el suelo de planchas de piedra estaba pulido por el contacto de millones de pies descalzos y gastado en los pasillos entre los pedestales, de modo que éstos se alzaban en pequeños montículos de piedra a varias pulgadas por encima del nivel general del suelo.

Finalmente, al ver que nadie venía a cobrar, Bradley se levantó y se dirigió a la puerta. Había cubierto la mitad de la distancia cuando oyó la voz del dueño llamándolo.

—Vuelve, jaal-lu -gritó el wieroo; y Bradley hizo lo que le ordenaban.

Mientras se acercaba a la criatura que se encontraba tras un gran pedestal de encimera plana junto al hueco, vio sobre la lisa superficie algo que casi le hizo jadear de asombro: era algo simple y corriente, o lo habría sido en cualquier otra parte del mundo menos en Caspak. ¡Un trozo de papel!

¡Y en él, con buena letra compacta, había muchos extraños jeroglíficos! Estas notables criaturas, entonces, dominaban la escritura además del lenguaje oral y aparte del arte de tejer ropas poseían el de fabricar papel. ¿Podría ser que estas grotescas criaturas representaran la cultura superior de la raza humana dentro de las fronteras de Caspak? ¿Había producido la selección natural durante las incontables eras de la evolución caspakiana una monstruosidad alada que representaba el cénit terrestre de la evolución del hombre?

Bradley había advertido algunas de las indicaciones obvias de una evolución gradual de simio a hombre-lanza que se ejemplificaban en las varias razas de ala-lus, hombres-maza y hombres-hacha que formaban los eslabones entre los dos extremos con los que había entrado en contacto. Había oído hablar de kro-lus y galus (supuestamente los más altos en el plano de la evolución) y ahora veía indisputables evidencias de una raza que poseía refinamientos de una civilización adelantada eones a la de los hombres-lanza. Las conjeturas despertadas por una consideración momentánea de las posibilidades implicadas se volvieron de inmediato tan extrañamente retorcidas como las insanas ensoñaciones de un drogadicto.

Mientras estos pensamientos corrían por su mente, el wieroo tendió una pluma de hueso clavada a un receptáculo de madera y al mismo tiempo hizo un gesto indicando que Bradley tenía que escribir sobre el papel. Era difícil juzgar por los rasgos inexpresivos del wieroo qué estaba pasando por la mente de la criatura, pero Bradley no pudo dejar de sentir que le dirigía una mirada de desprecio, como diciendo, «Naturalmente, no sabes escribir, pobre y baja criatura; pero puedes dejar tu marca».

Bradley cogió la pluma y con letra clara escribió:

«John Bradley, inglés».

El wieroo dio muestras de consternación cuando cogió el papel y examinó lo escrito con claros indicios de incredulidad y sorpresa. Naturalmente, no podía entender los extraños caracteres, pero evidentemente los aceptó como prueba de que Bradley poseía conocimiento de un lenguaje escrito propio, pues detrás de la entrada del inglés incluyó unos cuantos caracteres propios.

—Vendrás aquí de nuevo antes de que Lua esconda su cara tras el gran acantilado -anunció la criatura-, a menos que antes seas llamado por El Que Habla Por Luata, en cuyo caso no tendrás que comer más.

«Muy tranquilizador», pensó Bradley mientras se daba la vuelta y salía del edificio.

En el exterior había varios de los wieroos que habían estado comiendo en los pedestales. Inmediatamente lo rodearon, haciendo todo tipo de preguntas, tirando de sus ropas, su cinturón de municiones y su pistola. Esta conducta era completamente distinta a la que habían mostrado en el lugar de comidas, y Bradley todavía tenía que aprender que una casa de comida era un santuario para él, pues las rígidas leyes de los wieroos prohibían altercados dentro de sus paredes. Ahora se mostraban bruscos y bravucones, y con las alas medio desplegadas revoloteaban sobre él con actitudes amenazantes, bloqueándole el paso hasta la escala que llevaba al techo del que había descendido. Pero el inglés no era de los que soportan mucho tiempo las interferencias. Al principio intentó abrirse paso entre ellos, y cuando uno lo agarró por el brazo y lo sacudió, Bradley se volvió hacia la criatura y con un fuerte puñetazo en la barbilla lo derribó al suelo.

Al instante reinó el caos. Se alzaron fuertes gritos, las grandes alas se abrieron y cerraron con un fuerte batir y muchas manos como garras se extendieron para agarrarlo. Bradley golpeó a diestra y siniestra. No se atrevió a utilizar la pistola por miedo a que en cuanto descubrieran su poder lo derrotaran por su número y le quitaran lo que consideraba su as en la manga, algo que había que reservar hasta el último momento, cuando mejor pudiera usarlo para escapar, pues el inglés ya estaba planeando, aunque sin esperanza, tal huida.

Unos cuantos golpes convencieron a Bradley que los wieroos eran unos cobardes y que no llevaban armas, ya que después de dos o tres cayeran bajo sus puños los otros formaron un círculo a su alrededor, pero a distancia segura, y se contentaron con amenazar e insultar, mientras que aquellos que habían caído al suelo no intentaban levantarse y gemían y chillaban en un lúgubre coro.

Bradley avanzó otra vez hacia la escala, y esta vez el círculo se abrió para dejarle paso; pero en cuanto ascendió unos pocos peldaños lo agarraron por un pie e intentaron arrastrarlo. Con una rápida mirada hacia atrás el inglés, aferrado firmemente a la escala con ambas manos, descargó su pie libre con toda la fuerza de su poderosa pierna, plantando un pesado zapato en la cara plana del wieroo que lo había agarrado. Chillando horriblemente, la criatura se llevó ambas manos al rostro y se desplomó en el suelo mientras Bradley escalaba rápidamente la distancia que lo separaba del techo, aunque en cuanto llegó a lo alto de la escala un gran batir de alas le advirtió que los wieroos lo perseguían. Un momento después revolotearon sobre su cabeza mientras corría hacia el apartamento donde había pasado las primeras horas de la mañana tras su llegada.

La distancia desde lo alto de la escala hasta la puerta era corta, y Bradley casi había alcanzado su objetivo cuando la puerta se abrió de golpe y Fosh-bal-soj salió de ella. Inmediatamente los wieroos que le perseguían exigieron que castigara al jaal-lu que de manera tan agraviante los había maltratado. Fosh-bal-soj escuchó sus quejas y luego, con un súbito movimiento de su mano derecha agarró a Bradley por el cuello y lo arrojó por la puerta al suelo de la cámara.

Tan repentino fue el ataque y tan sorprendente la fuerza del wieroo que el inglés quedó completamente desprevenido. Cuando se levantó, la puerta estaba cerrada, y Fosh-bal-soj se alzaba sobre él, su horrible rostro convulsionado en una expresión de ira y odio.

—¡Hiena, serpiente lagarto! -gritó-. ¿Cómo te atreves a poner tus viles y sucias manos sobre los más bajos de los wieroos, los sagrados elegidos de Luata?

Bradley se enfureció, y por eso habló con voz muy baja y tranquila mientras una media sonrisa asomaba a sus labios, pero sus fríos ojos grises no sonreían.

—Por lo que me acabas de hacer -dijo-, voy a matarte.

Y mientras hablaba se abalanzó hacia la garganta de Fosh-bal-soj. El otro wieroo que había estado durmiendo cuando Bradley dejó la cámara se había marchado, y los dos se encontraban solos. Fosh-bal-soj no mostró la misma cobardía de los que habían atacado a Bradley en el callejón, pero eso pudo deberse al hecho de que tuvo poca oportunidad, pues Bradley lo agarró por la garganta antes de que pudiera murmurar un grito y con la mano derecha lo golpeó repetidas veces en la cara y sobre el corazón: golpes feos y aplastantes, de los que dejan fuera de combate a un hombre rápidamente.

Pero Fosh-bal-soj no estaba dispuesto a morir de manera pasiva. Arañó y golpeó a Bradley mientras con sus grandes alas intentaba protegerse de la implacable lluvia de golpes, buscando al mismo tiempo agarrar la garganta de su antagonista. Consiguió derribar al inglés, y los dos cayeron pesadamente al suelo, Bradley debajo, y en el mismo instante el wieroo cerró sus espolones sobre la laringe del hombre.

Fosh-bal-soj poseía una fuerza enorme y luchaba por su vida. El inglés pronto advirtió que la batalla se volvía en su contra. Sus pulmones buscaban dolorosamente aire mientras empuñaba la pistola. Con dificultad, la sacó de su funda, e incluso entonces, con la muerte mirándolo a la cara, pensó en su precaria munición. «No puedo desperdiciarla», pensó, y rodeando con los dedos el cañón alzó el arma y descargó un golpe terrible entre los ojos de Fosh-bal-soj. Al instante los dedos como garras soltaron su presa, y la criatura cayó flácida al suelo junto a Bradley, quien permaneció durante varios minutos jadeando dolorosamente mientras intentaba recuperar la respiración.

Cuando pudo hacerlo, se levantó, y se inclinó sobre el wieroo, que yacía silencioso e inmóvil, las alas desparramadas y flácidas y los grandes ojos redondos contemplando ciegos el techo. Un breve examen convenció a Bradley de que la criatura estaba muerta, y con la convicción vino una abrumadora sensación de los peligros que ahora debían acecharlo; ¿pero cómo iba a escapar?

Su primera idea fue buscar algún medio para ocultar la prueba de su acción y luego intentar escapar. Se acercó a la segunda puerta y la abrió con cuidado y se asomó a lo que parecía ser un almacén. Estaba cubierto de telas como la que los wieroos usaban para sus túnicas, y había varios cofres pintados de azul y blanco, con jeroglíficos blancos pintados con afilados trazos sobre el azul y jeroglíficos azules sobre el blanco. En un rincón había una pila de cráneos humanos que llegaba casi hasta el techo, y en otro un puñado de alas secas de wieroo. La cámara tenía forma irregular, como la otra, pero había una ventana y una segunda puerta en el otro extremo, aunque carecía de salida por el techo y, lo más importante de todo, no había ninguna criatura dentro.

Lo más rápidamente que pudo, Bradley arrastró al wieroo muerto a través de la puerta y la cerró; luego buscó un sitio para ocultar el cadáver. Uno de los cofres era lo bastante grande para contener el cuerpo si le doblaba las rodillas, y con esta idea a la vista Bradley se acercó a abrirlo. La tapa constaba de dos piezas, cada una con bisagras en un extremo opuesto del cofre, uniéndose en el centro. No había cerradura. Bradley alzó una mitad y miró dentro.

—¡Por Júpiter! -exclamó para sus adentros, y se asomó a examinar el contenido. El cofre estaba medio lleno de abalorios de oro. Parecía haber brazaletes, tobilleras y broches de oro virgen.

Advirtiendo que no había espacio en el cofre para el cadáver del wieroo, Bradley se dispuso a buscar otro medio para ocultar la prueba de su crimen. Había un espacio entre los cofres y la pared, y ahí metió el cadáver, apilando las túnicas abandonadas hasta que quedó completamente oculto a la vista. ¿Pero cómo iba a lograr escapar a plena luz del día?

Caminó hasta la puerta situada en el otro extremo del apartamento y cautelosamente la abrió un poquito. Ante él y a unos dos palmos de distancia se alzaba la pared de otro edificio. Bradley abrió la puerta un poco más y miró en ambas direcciones. No había nadie a la vista a la izquierda durante una considerable expansión de tejados, y a la derecha otro edificio cortaba su visión a unos seis metros.

Tras salir, giró a la derecha y tras unos pocos pasos encontró un estrecho pasadizo entre dos edificios. Entró en él y había recorrido la mitad cuando vio que un wieroo aparecía en el extremo opuesto y se detenía. La criatura no miraba pasadizo abajo, pero en cualquier momento volvería los ojos hacia él, y entonces lo descubriría inmediatamente.

A la izquierda de Bradley había un hueco triangular en la pared de una de las casas, y allí se escabulló, para ocultarse a la vista del wieroo. Junto a él había una puerta pintada de un vivo color amarillo y construida con el mismo estilo que las otras puertas wieroo que había visto, es decir, compuesta por incontables tiras de madera de cuatro a seis pulgadas de grosor colocadas en grupos de la misma anchura; las tiras de los grupos adyacentes nunca corrían en la misma dirección. El resultado tenía cierto parecido a una enloquecida colcha tramada, impresión que quedó aumentada cuando, como en una de las puertas que había visto, comprobó que los parches continuos estaban pintados de diferentes colores. Las tiras parecían haber sido unidas entre sí y luego al entramado de la puerta con tripa o fibra y luego habían sido pegadas, y después se había aplicado una gruesa capa de pintura. Un borde de la puerta estaba formado por una vara redonda y recta de unas dos pulgadas de diámetro que sobresalía arriba y abajo, las proyecciones encajaban en el dintel y el umbral formando el eje sobre el que giraba la puerta. Un disco excéntrico en la cara interior de la puerta producía una muesca en el marco cuando se deseaba asegurar la puerta contra los intrusos.

Mientras Bradley se aplastaba contra la pared esperando a que el wieroo continuara su camino, oyó las alas de la criatura rozando contra los lados de los edificios mientras avanzaba en su dirección por el estrecho pasadizo. Como la puerta amarilla ofrecía el único medio para escapar sin ser detectado, el inglés decidió arriesgarse, no importaba lo que pudiera encontrar dentro, y así, tras empujarla atrevidamente, cruzó el umbral y entró en un pequeño apartamento.

Al hacerlo, oyó una apagada exclamación de sorpresa, y al volver los ojos en la dirección de donde había procedido el sonido, contempló a una muchacha de ojos espantados que se apretujaba contra la pared opuesta, con una expresión de incredulidad en el rostro. De una mirada Bradley vio que no pertenecía a ninguna raza de humanos con los que hubiera contactado desde su llegada a Caprona: no había ningún rastro en su forma ni en sus rasgos de ningún parentesco con las órdenes inferiores de hombres, ni iba ataviada como ellos... o, más bien, no carecía de atuendo como la mayoría de ellos.

Una suave piel caía de su hombro hasta justo por debajo de su cadera izquierda a un lado y casi hasta la rodilla derecha en el otro, un cinturón suelto le rodeaba la cintura, y adornos de oro como los que había visto en el cofre azul y blanco adornaban sus brazos y piernas, mientras que una tiara de oro con una diadema triangular sujetaba su tupido pelo sobre su frente. Su piel era blanca, como de haber estado largamente confinada, pero era clara y fina. Su figura, a pesar de estar parcialmente oculta por la suave piel de ciervo, era todo curvas de simetría y juvenil gracia, mientras que sus rasgos podían haber sido fácilmente la envidia de las más reputadas bellezas continentales.

Si la muchacha se asombró por la súbita aparición de Bradley, éste quedó absolutamente anonadado al descubrir a una criatura tan maravillosa entre los horribles habitantes de la Ciudad de los Cráneos Humanos. Durante un instante ambos se miraron el uno al otro con clara consternación, y entonces Bradley habló, usando lo mejor posible su pobre capacidad en la lengua común de Caspak.

—¿Quién eres y de dónde vienes? -preguntó-. No me digas que eres una wieroo.

—No -replicó ella-. No soy una wieroo -y se estremeció un poco al pronunciar la palabra-. Soy una galu; ¿pero quién y qué eres tú? Por tus ropas, estoy segura de que no eres ningún galu, pero eres como los galus en otros aspectos. Sé que no eres de esta horrible ciudad, pues llevo aquí casi diez lunas, y nunca he visto traer a un macho galu antes, ni hay otros prisioneros como tú y yo en la tierra de Oo-oh, y esos son todas hembras. ¿Eres un prisionero, entonces?

Él le resumió rápidamente quién y qué era, aunque dudó que ella lo entendiera, y por ella se enteró de que llevaba allí prisionera muchos meses; pero no pudo descubrir para qué propósito, ya que en mitad de la conversación la puerta amarilla se abrió de golpe y entró un wieroo con una túnica veteada de amarillo.

Al ver a Bradley, la criatura se enfureció.

—¿De dónde sale este reptil? -le exigió a la muchacha-. ¿Cuánto tiempo lleva aquí contigo?

—Acabo de entrar por la puerta antes que tú -respondió Bradley por la muchacha.

El wieroo pareció aliviado.

—Es bueno para la muchacha que así sea, pero ahora tú tendrás que morir -dijo, y dirigiéndose a la puerta la criatura alzó la voz y emitió uno de aquellos alaridos extraños.

El inglés miró a la muchacha.

—¿Lo mato? -preguntó, alzando la pistola-. ¿Qué es lo mejor que puedo hacer? No quiero ponerte en peligro.

El wieroo retrocedió hacia la puerta.

—¡Sucio! -gritó-. ¿Te atreves a amenazar a uno de los sagrados elegidos de Luata?

—No lo mates -gimió la muchacha-, pues entonces no podría haber ninguna esperanza para ti. Que estés aquí, vivo, demuestra que tal vez no pretenden matarte, y por eso hay una oportunidad para ti si no los enfureces; pero tócalo con violencia y tu cráneo reseco adornará los pedestales más altos de Oo-oh.

—¿Y qué pasará contigo? -preguntó Bradley.

—Yo ya estoy condenada -replicó la muchacha-. Soy cos-ata-lo.

¡Cos-ata-lo! ¡Cos-ata-lu! ¿Qué significaban esas frase que tanto las repetían los habitantes de Oo-oh? Lu y lo, Bradley lo sabía, significaban hombre y mujer; ata se empleaba para indicar vida, huevos, jóvenes, reproducción y parientes; eos era un negativo, pero la combinación de las palabras carecía de sentido para el europeo.

—¿Quieres decir que van a matarte? -preguntó Bradley.

—Ojalá lo hicieran -respondió la muchacha-. Mi destino será peor que la muerte, dentro de unas cuantas noches más, con la llegada de la luna nueva.

—¡Pobre ella-serpiente! -exclamó el wieroo-. Vas a ser sagrada sobre todas las demás ellas. El Que Habla Por Luata te ha elegido para él. Hoy irás a su templo -el wieroo usó una frase que significaba literalmente Lugar Alto-, donde recibirás las sagradas órdenes.

—Ah -suspiró ella-, ¡si pudiera volver a ver mi amado país una vez más!

El hombre se colocó a su lado antes de que el wieroo pudiera interponerse y en voz baja le preguntó si no había ningún modo de conseguir que huyera. Ella negó con la cabeza tristemente.

—Aunque escapáramos de la ciudad -replicó-, está la gran agua entre la isla de Oo-oh y la costa galu.

—¿Y qué hay más allá de la ciudad, si pudiéramos salir de ella? -insistió Bradley.

—Sólo puedo suponer por lo que he oído desde que me trajeron aquí -respondió ella-; pero por algunas observaciones e informes al azar deduzco que tiene que ser una tierra hermosa donde apenas hay bestias salvajes y ningún hombre, pues sólo los wieroos viven en esta isla y habitan siempre en ciudades, de las que hay tres, siendo ésta la más grande. Las otras están en el otro extremo de la isla, que tiene unas tres marchas de un extremo a otro, y una marcha en su punto más ancho.

Por su propia experiencia y por lo que los nativos de tierra firme le habían dicho, Bradley sabía que quince kilómetros era un buen día de marcha en Caspak, debido al hecho de que en la mayoría de los sitios no había senderos en la jungla y en todo momento los viajeros eran atacados por horribles bestias y reptiles que impedían siempre el avance rápido.

Los dos habían hablado velozmente pero ahora fueron interrumpidos por la llegada de varios wieroos, que acudían en respuesta a la alarma del de la túnica de franjas amarillas.

—Este jaal-lu -gritó el ofendido-, me ha amenazado. Quitadle el hacha y llevadlo a un sitio donde no pueda causar ningún daño hasta que El Que Habla Por Luata haya dicho qué hay que hacer con él. Es una de esas extrañas criaturas que Fosh-bal-soj descubrió primero en el país de los band-lu y siguió hacia el principio. El Que Habla Por Luata envió a Fosh-bal-soj a capturar a una de esas criaturas, y aquí está. Es de esperar que sea de otro mundo y posea el secreto de los cos-ata-lus.

Los wieroos se acercaron atrevidamente a quitarle a Bradley su «hacha», la pistola que colgaba de su funda en la cadera del inglés y que el líder había señalado, pero el primero cayó dando tumbos contra los demás por el golpe en la barbilla que Bradley le propinó, seguido de un empujón, pues tenía la intención de despejar la habitación en tiempo record; pero no lo habría conseguido sin la abertura en el techo. Dos wieroos habían caído y se había producido un gran alboroto de gritos y quejidos cuando llegaron refuerzos desde arriba.

Bradley no los vio, pero la muchacha sí, y aunque gritó una advertencia, fue demasiado tarde para que Bradley esquivara a un gran wieroo que se abalanzó contra él, golpeándolo entre los hombros y derribándolo al suelo. Al instante, una docena más se precipitó contra él. Le arrancaron la pistola de la funda y la superioridad numérica pudo con él.

A una palabra del wieroo de la túnica amarilla, que evidentemente era una persona de autoridad, uno de ellos se marchó y regresó poco después con cuerdas de fibra con las que ataron fuertemente a Bradley.

—Ahora llevadlo al Lugar Azul de los Siete Cráneos -indicó el jefe wieroo-, y que uno le lleve la noticia de lo que ha pasado a El Que Habla Por Luata.

Las criaturas alzaron una mano, el dorso contra sus caras, como en gesto de saludo. Uno de ellos agarró a Bradley y se lo llevó por la puerta amarilla al techo, donde abrió sus anchas alas y cruzó los tejados de Oo-oh con su pesada carga sujeta entre sus largos espolones.

Bradley pudo ver debajo la ciudad extendiéndose en todas direcciones. No era tan grande como había imaginado, aunque calculó que debía tener al menos cinco kilómetros cuadrados. Las casas estaban apiladas en montones indescriptibles, a veces hasta una altura de treinta metros. Las calles y callejas eran cortas y retorcidas y había muchas zonas donde los edificios estaban tan apretujados que la luz no podía alcanzar los niveles inferiores, pues toda la superficie del terreno estaba cubierta de ellos.

Los colores eran variados y sorprendentes, la arquitectura sorprendente. Muchos tejados tenían forma de taza o de platillo con un pequeño agujero en el centro, como si hubieran sido construidos para recolectar agua de lluvia que fuera conducida a una reserva debajo; pero casi todos los demás tenían la gran abertura en lo alto, la que Bradley había visto que utilizaban como si fuera una puerta. En todos los niveles había múltiples postes rematados por cráneos sonrientes, pero los dos rasgos más prominentes de la ciudad eran la torre redonda de cráneos humanos que Bradley había advertido antes y otro edificio mucho más grande cerca del centro de la ciudad. Mientras se acercaban allí, Bradley vio que era un enorme edificio que se alzaba a treinta metros de altura y que se hallaba solo en el centro de lo que en cualquier otra parte del mundo habría sido considerado una plaza. Sin embargo, sus diversas partes estaban unidas con la misma extraña irregularidad que marcaba la arquitectura de la ciudad en conjunto, y estaba rematado por un enorme tejado con forma de platillo que se extendía más allá de los aleros, como si fuera un colosal sombrero chino invertido.

El wieroo que transportaba a Bradley pasó sobre un rincón del espacio abierto sobre el gran edificio, revelando al inglés hierba y árboles y agua corriente debajo. Dejaron atrás el edificio y unos quinientos metros más allá la criatura aterrizó en el tejado de un edificio azul y cuadrado rodeado de siete postes con siete cráneos. Éste es entonces, pensó Bradley, el Lugar Azul de los Siete Cráneos.

En la abertura del techo había una rejilla con barrotes, que el wieroo retiró. La criatura ató entonces un trozo de cuerda a uno de los tobillos de Bradley y lo hizo caer por el borde. Todo estaba oscuro abajo y durante un instante el inglés estuvo más cerca que nunca en su vida de experimentar auténtico terror. Mientras caía al abismo negro sintió que la cuerda se tensaba alrededor de su tobillo y un instante después fue detenido por un súbito tirón que le hizo oscilar como un péndulo, boca abajo. Entonces la criatura lo fue bajando hasta que la cabeza de Bradley entró en súbito y doloroso contacto con el suelo. Después de eso, el wieroo soltó la cuerda y el cuerpo del inglés chocó contra el suelo de tablas de madera. Sintió que el extremo libre de la cuerda caía sobre él y oyó la reja cerrarse en lo alto.

Capítulo III

Medio aturdido, Bradley permaneció tendido en el suelo durante un minuto tal como había caído, y luego lenta y dolorosamente consiguió adoptar una postura menos incómoda. No podía ver nada en la oscuridad que le rodeaba, hasta que después de unos minutos sus ojos se acostumbraron al oscuro interior, y entonces escrutó de un lado a otro su prisión.

Descubrió que estaba en una habitación pelada, sin ventanas, ni ninguna otra abertura que por la que había caído. En un rincón había una masa encogida que podía ser cualquier cosa, desde un montón de harapos a un cadáver.

Casi inmediatamente después de haber clarificado su situación, Bradley comenzó a trabajar en sus ligaduras. Era un hombre de fuerza poderosa, y como desde el principio se había imbuido de la idea de que las cuerdas de fibra eran demasiado débiles para sujetarlo, trabajó con la firme convicción de que tarde o temprano se romperían. Después de cinco minutos estuvo seguro de que las cuerdas de sus muñecas empezaban a ceder; pero se vio obligado a descansar por el agotamiento.

Mientras yacía tendido, sus ojos se posaron en el bulto del rincón, y poco después pudo haber jurado que la cosa se movía. Esforzando los ojos, observó la cosa torva y siniestra del rincón. Tal vez sus nervios agotados le estaban jugando una mala pasada. Pensó que eso, y también su estado de total indefensión, podían haber estimulado su imaginación. Cerró los ojos y se dispuso a relajar sus músculos y nervios; pero cuando volvió a mirar, supo que no se había confundido: la cosa se había movido. Ahora yacía de forma ligeramente distinta, más apartada de la pared. Estaba más cerca de él.

Con fuerzas renovadas Bradley se debatió contra sus ataduras, la mirada fascinada pegada todavía en el bulto informe. Ya no había duda de que se movía: vio que se levantaba en el centro varias pulgadas y que se arrastraba hacia él. Se hundió y levantó otra vez: una forma amenazante, horrible, sin cabeza. Su propio silencio la hacía aún más terrible.

Bradley era un hombre valiente; por lo común, sus nervios eran de acero. Pero estar a merced de un horror desconocido y sin nombre, no poder defenderse… fueron estas cosas las que casi pudieron con él, pues sólo era humano. Si estuviera al aire libre, incluso con todas las probabilidades en su contra, si pudiera usar los puños, defenderse de alguna manera, causar daño a su adversario… entonces podría enfrentarse a la muerte con una sonrisa. No era la muerte lo que temía ahora: era ese horror a lo desconocido que es parte de la fibra de todo hijo de mujer.

La masa informe se acercó más y más. Bradley se quedó inmóvil, escuchando. ¿Qué era lo que había oído? ¿Una respiración? No podía confundirse. Y entonces, del puñado de harapos surgió un gemido hueco. Bradley sintió que se le erizaban los pelos de la nuca. Se debatió con las cuerdas que lo sujetaban. La cosa a su lado se alzó más que antes y el inglés podría haber jurado que veía un único ojo mirándolo por encima de la tela arrugada. Por un momento el bulto permaneció inmóvil: sólo el sonido de la respiración, y luego una risa maníaca.

La frente de Bradley se cubrió de un sudor frío mientras se debatía por liberarse. Vio que los harapos se alzaban más y más sobre él, hasta que por fin cayeron al suelo y revelaron el cuerpo de un hombre desnudo, una caricatura de hombre delgada y huesuda, que silabeaba y murmuraba y, caminando tambaleándose sobre sus débiles y temblorosas piernas, se desplomó de nuevo en el suelo, todavía riendo… riendo horriblemente.

Se arrastró hacia Bradley.

—¡Comida! ¡Comida! -gritó-. ¡Hay una salida! ¡Hay una salida!

Arrastrándose hasta su lado, la criatura se derrumbó sobre el pecho del inglés.

—¡Comida! -chilló mientras sus dedos huesudos y sus dientes buscaban la garganta desnuda del hombre-. ¡Comida! ¡Hay una salida!

Bradley sintió los dientes en su yugular.

Se giró y retorció, librándose por un instante. Pero una vez más, con horrible insistencia, la criatura se lanzó contra él. Las débiles mandíbulas eran incapaces de hundir los raídos dientes en la carne de la víctima, pero Bradley lo sentía arañando, arañando, arañando, como una rata monstruosa, buscando la sangre de su vida.

Los brazos huesudos lo agarraron ahora por el cuello, acercando los dientes a su garganta contra todos sus esfuerzos por zafarse de la criatura. Débil como estaba, tenía fuerza suficiente para esto en su loco esfuerzo por comer. Murmurando mientras lo hacía, repetía una y otra vez:

—¡Comida! ¡Comida! ¡Hay una salida!

Bradley pensó que aquellas dos expresiones lo volverían loco.

Y enloquecido estaba cuando con un último esfuerzo, apoyado por una fuerza casi maníaca, liberó sus muñecas de las ligaduras que las sujetaban y agarrando al repulsivo ser por el pecho lo empujó al otro lado de la habitación. Jadeando como un sabueso agotado, Bradley se dedicó a las ataduras de sus tobillos mientras el loco yacía temblando y tiritando donde había caído. Poco después el inglés se puso en pie de un salto, sintiéndose más libre que nunca antes en toda su vida, aunque todavía era prisionero en el Lugar Azul de los Siete Cráneos.

Apoyando la espalda en la pared para sostenerse, tan débil se sentía, Bradley observó a la criatura caída. La vio moverse y levantarse lentamente apoyándose en las manos y las rodillas, y así se quedó, mientras se mecía de un lado a otro, buscándolo. Cuando por fin lo localizó, de sus labios rotos brotaron las palabras:

—¡Comida! ¡Comida! ¡Hay una salida!

El tono de súplica de su voz compadeció el corazón del inglés. Sabía que no podía tratarse de un wieroo, sino un hombre como él mismo que había sido arrojado a este pozo de confinamiento solitario con este horrible resultado, que con el tiempo podría ser también su destino.

Y luego, también, estaba la sugerencia de esperanza contenida en la constante reiteración de la frase. «Hay una salida». ¿La había? ¿Qué sabía esta pobre criatura?

—¿Quién eres y cuánto tiempo llevas aquí? -preguntó de pronto Bradley.

Durante un instante el hombre del suelo no respondió, pero luego murmuró las palabras:

—¡Comida! ¡Comida!

—¡Basta! -ordenó el inglés. La palabra la podría haber escupido el cañón de una pistola. Hizo que el hombre se sentara, apartando las manos del suelo.

Dejó de balancearse de un lado a otro y pareció intentar recuperar sus facultades de concentración y pensamiento. Bradley repitió sus preguntas claramente.

—Soy An-Tak, el galu -replicó el hombre-. Sólo Luata sabe cuánto tiempo llevo aquí… tal vez diez lunas, tal vez diez lunas tres veces. Era joven y fuerte cuando me trajeron aquí. Ahora soy viejo y muy débil. Soy cos-ata-lu, por eso no me ha matado. Si les digo el secreto para ser cos-ata-lu, me sacarán de aquí. ¿Pero cómo puedo decirles lo que sólo Luata sabe?

—¿Qué es cos-ata-lu? -preguntó Bradley.

—¡Comida! ¡Comida! ¡Hay una salida! -murmuró el galu.

Bradley cruzó la habitación, agarró al hombre por los hombros y lo sacudió.

—Dime -gritó-, ¿qué es cos-ata-lu?

—¡Comida! -gimió An-Tak.

Bradley se contuvo. No le habían quitado su zurrón. En él, además de su navaja de afeitar y su cuchillo tenía algunas piezas de equipo y una pequeña cantidad de carne seca. Le arrojó un pedazo al hambriento galu. An-Tak la cogió y lo devoró ansiosamente. La comida insufló al hombre de nueva vida.

—¿Qué es cos-ata-lu? -insistió otra vez Bradley.

An-Tak trató de explicarse. Su narración fue rota a menudo por lapsos de concentración durante los cuales volvía a murmurar quejumbrosamente pidiendo comida y diciendo de nuevo que había una salida; pero con firmeza y paciencia el inglés consiguió sonsacarle una exposición más o menos lúcida del curioso esquema evolutivo que existe en Caspak. Así, encontró explicaciones de lo que hasta ahora era inexplicable. Descubrió por qué no había visto bebés ni niños entre las tribus caspakianas con las que había entrado en contacto; por qué cada tribu situada más al norte mostraba un grado superior de evolución que los del sur; por qué cada tribu incluía individuos que oscilaban en sus características mentales y físicas de lo más alto de la siguiente raza inferior a lo más bajo de la siguiente superior, y por qué las mujeres de cada tribu se sumergían cada mañana durante una hora o más en las cálidas charcas que estaban siempre cerca de los lugares donde vivían; y también descubrió por qué esas charcas eran casi siempre inmunes a los ataques de los reptiles y animales carnívoros.

Descubrió que todos los que eran cos-ata-lu venían desde cor-sva-jo, o desde el principio. El huevo del que se desarrollaban en larva era depositado, con millones de otros huevos, en una de las charcas cálidas y con un suero venenoso que los carnívoros instintivamente repudiaban. Por el cálido arroyo que surgía de la charca flotaban los incontables miles de millones de huevos y larvas, desarrollándose mientras se dirigían lentamente hacia el mar. Algunos se convertían en larvas en la charca, otros en el viscoso arroyo y algunos no lo hacían hasta que llegaban al gran mar interior. En la siguiente etapa se convertían en peces o reptiles, An-Tak no estaba seguro, y de esta forma, siempre desarrollándose, nadaban hasta el sur, donde, en las fétidas y rebosantes junglas, algunos evolucionaban en anfibios. Siempre había aquellos en quienes el desarrollo se detenía en la primera etapa, otros cuyo desarrollo cesaba cuando se convertían en reptiles, mientras que la mayor proporción con diferencia formaba el suministro alimenticio de las hambrientas criaturas de las profundidades.

Pocos eran los que se desarrollaban en babuinos y luego en simios, que eran considerados por los caspakianos como el auténtico principio de la evolución. Del huevo, entonces, los individuos se desarrollaban lentamente hasta una forma superior, igual que el huevo de una rana se desarrolla a través de varias etapas de un pez con branquias a una rana con pulmones. Con esa idea en mente Bradley descubrió que no era difícil creer en la posibilidad de un esquema semejante: no había nada nuevo en él.

Del mono, el individuo, si sobrevivía, se desarrollaba lentamente en la orden más baja del hombre: el alu. Y luego gradualmente en bo-lu, sto-lu, band-lu, kro-lu y finalmente galu. Y en cada etapa incontables millones de otros huevos se depositaban en las cálidas charcas de las diversas razas y flotaban hasta el gran mar para pasar por un proceso similar de evolución fuera del vientre igual que nosotros desarrollamos a nuestros pequeños dentro;

pero en Caspak el esquema es más complicado, pues combina no sólo el desarrollo individual sino también la evolución de las especies y los géneros. Si un huevo sobrevive atraviesa todas las etapas de desarrollo que el hombre pasó a través de incontables eones desde que la vida apareció por primera vez en la superficie de la tierra.

La etapa final (que los galus casi habían alcanzado y que todos esperaban conseguir), es el cos-ata-lu, que literalmente significa hombre-no-huevo, o que nace directamente como los jóvenes del mundo exterior de los mamíferos. Algunos de los galus producen cos-ata-lu y cos-ata-lo; los wieroos sólo cos-ata-lu. En otras palabras, todos los wieroos nacen varones, y por eso acechan a los galus para robarles sus mujeres y a veces capturan y torturan a hombres galus que son cos-ata-lu, con la intención de descubrir el secreto que creen les proporcionará poder ilimitado sobre los otros ciudadanos de Caspak.

Ningún wieroo viene desde el principio: todos nacen de padres wieroos y madres galu que son cos-ata-lo, de las que hay muy pocas debido a los largos y precarios estados de desarrollo. Siete generaciones del mismo ancestro deben venir desde el principio antes de que pueda nacer un niño cos-ata-lu; y cuando se consideran los terribles peligros que rodean la chispa de la vida desde el momento en que deja la cálida charca donde ha sido depositada para flotar hasta el mar entre las voraces criaturas que pueblan la superficie y las profundidades y las casi igualmente impensables ordalías de su esfuerzo por sobrevivir después una vez que se convierte en animal terrestre y empieza a dirigirse hacia el norte a través de los horrores de las junglas y bosques caspakianos, es simplemente asombroso que un solo bebé nazca de una mujer galu.

Se necesitan siete ciclos antes de que el séptimo galu pueda completar el séptimo círculo infestado de peligros desde que su primer antecesor galu consiguió el estado de galu. Durante montones de años, los antepasados de este primer galu pueden haberse desarrollado a partir de un huevo band-lu o bo-lu sin llegar a completar todo el círculo: de huevo galu a galu plenamente desarrollado.

La cabeza empezó a darle vueltas a Bradley antes de que hubiera comenzado a comprender siquiera las complejidades de la evolución caspakiana; pero a medida que la verdad se fue abriendo paso en su comprensión y pudo visualizar gradualmente el esquema, le pareció más sencillo. De hecho, parecía incluso menos difícil de comprender que aquello con lo que estaba familiarizado.

Durante varios minutos después de que An-Tak cesara de hablar, pues su voz se había apagado débilmente, ninguno de los dos volvió a decir nada. Entonces el galu comenzó de nuevo con su letanía.

—¡Comida! ¡Comida! ¡Hay una salida!

Bradley le arrojó otro trozo de carne seca, y esperó pacientemente a que terminara de comerla, más despacio esta vez.

—¿Qué quieres decir con eso de que hay una salida? -preguntó.

—El que murió aquí después de que yo llegara me lo dijo -replicó An-Tak-. Dijo que había una salida, que la había descubierto pero estaba demasiado débil para usar su conocimiento. Estaba intentando decirme cómo encontrarla cuando murió. ¡Oh, Luata, si hubiera vivido un instante más!

—¿No te dan de comer aquí? -preguntó Bradley.

—No, me dan agua una vez al día, nada más.

—¿Pero cómo has sobrevivido entonces?

—Las lagartijas y las ratas -respondió An-Tak-. Las lagartijas no están tan mal, pero las ratas saben asquerosas. Sin embargo, debo comerlas o ellas me comerían a mí, y son mejor que nada. Pero últimamente no vienen tan a menudo, y no he comido lagartijas desde hace mucho tiempo. Pero comeré -murmuró-. Comeré ahora, pues tú no puedes permanecer siempre despierto -soltó una risa hueca y seca-. Cuando duermas, An-Tak comerá.

Era horrible. Bradley se estremeció. Durante largo rato ambos permanecieron en silencio. El inglés podía imaginar por qué el otro no hacía ningún ruido: esperaba el momento en que el sueño venciera a su víctima. En el largo silencio Bradley detectó un leve y monótono sonido de agua corriendo. Prestó atención. Parecía proceder del fondo del suelo.

—¿Qué es ese ruido? -preguntó-. Parece agua corriendo por un canal estrecho.

—Es el río -respondió An-Tak-. ¿Por qué no te duermes? Pasa directamente bajo el Lugar Azul de los Siete Cráneos. Atraviesa los terrenos del templo, y pasa por debajo del templo y de la ciudad. Cuando muramos, nos cortarán la cabeza y arrojarán nuestros cuerpos al río. En la desembocadura del río esperan muchos grandes reptiles. Así se alimentan. Los wieroos hacen lo mismo con sus propios muertos, conservando sólo los cráneos y las alas. Venga, vamos a dormir.

—¿No suben los reptiles por el río hasta la ciudad? -preguntó Bradley.

—El agua está demasiado fría. Nunca dejan las aguas cálidas de la gran laguna -replicó An-Tak.

—Busquemos la salida -sugirió Bradley.

An-Tak negó con la cabeza.

—La he buscado todas estas lunas -dijo-. Si yo no pude encontrarla, ¿cómo vas a poder tú?

Bradley no respondió, pero empezó a examinar diligentemente las paredes y el suelo de la habitación, sondeando cada centímetro cuadrado y golpeando con los nudillos. A unos dos metros de la puerta descubrió una percha para dormir cerca de un extremo del apartamento. Le preguntó a An-Tak al respecto, pero el galu dijo que ningún wieroo había ocupado el lugar desde que lo habían encarcelado aquí. Una y otra vez Bradley repasó el suelo y las paredes hasta donde podía alcanzar. Finalmente se encaramó al poste, para poder examinar al menos un extremo de la habitación hasta el techo.

En el centro de la pared, cerca de lo alto, una zona de un metro cuadrado emitió un sonido hueco cuando la golpeó. Bradley palpó cada centímetro de esa zona con la punta de los dedos. Cerca de lo alto encontró un agujerito redondo un poco más grande en diámetro que su pulgar, que metió dentro inmediatamente. El panel, si eso era, parecía de una pulgada de grosor, y más allá su dedo no encontró nada. Bradley dobló el dedo en el lado opuesto del panel y tiró hacia sí, firmemente pero con fuerza. De repente el panel voló hacia adentro, casi precipitando al hombre al suelo. Tenía una bisagra en la parte inferior, y cuando bajó el borde inferior para que descansara en el poste, formó una pequeña plataforma en paralelo al suelo de la habitación.

Más allá de la abertura había un vacío completamente oscuro. El inglés se asomó y metió el brazo todo lo posible, pero no tocó nada. Entonces rebuscó en su zurrón y sacó una cerilla, pues conservaba unas pocas. Cuando la encendió, An-Tak emitió un grito de terror. Bradley introdujo la luz en la abertura que tenía delante y con sus fluctuantes rayos vio la parte superior de una escalerilla que descendía a los negros abismos de abajo. Hasta dónde se extendía no podía imaginarlo, pero que lo iba a averiguar pronto era cosa segura.

—¡La has encontrado! ¡Has encontrado la salida! -gritó An-Tak-. ¡Oh, Luata! Y ahora estoy demasiado débil para escapar. ¡Llévame contigo! ¡Llévame contigo!

—¡Cállate! -advirtió Bradley-. Harás que toda la bandada de pájaros revolotee sobre nuestras cabezas si no te callas, y ninguno de los dos podrá escapar. Cállate, y yo me adelantaré. Si encuentro una salida, volveré y te ayudaré, si prometes no intentar comerme de nuevo.

—Lo prometo -gimió An-Tak-. ¡Oh, Luata! ¿Cómo puedes reprochármelo? Estoy medio loco por el hambre y el confinamiento y el horror de las lagartijas y las ratas y la constante espera de la muerte.

—Lo sé -dijo Bradley simplemente-. Lo siento por ti, amigo. Mantén la calma.

Y se deslizó por la abertura, encontró la escala con los pies, cerró el panel tras él, y empezó a bajar en la oscuridad.

Bajo él se alzaba cada vez más claro el sonido del agua. El aire era húmedo y frío. No podía ver lo que le rodeaba y no sentía más que los lisos y gastados lados y los peldaños de la escala, que iba sondeando con el pie para no encontrar un travesaño roto o fuera a dar un traspiés que lo precipitara hacia el fondo.

Mientras descendía lentamente, la escala parecía interminable y el pozo sin fondo, aunque Bradley advirtió cuando por fin llegó al final que no podía haber descendido más de quince metros. El pie de la escala descansaba en un estrecho saliente pavimentado con lo que parecían ser grandes piedras redondas, pero él sabía por experiencia que se trataba de cráneos humanos. No pudo dejar de preguntarse de dónde habían salido tantos millares de cráneos, hasta que se detuvo a considerar que la infancia de Caspak sin duda se remontaba a eras remotas, mucho más allá de lo que el mundo exterior consideraba el principio de la vida en la Tierra. Durante todos estos eones los wieroos podían haber estado coleccionando cráneos humanos a partir de sus enemigos y de sus propios muertos: suficientes para construir una ciudad entera.

Palpando el camino por el estrecho saliente, Bradley llegó a un muro liso que se extendía sobre el agua que borboteaba bajo él y se extendía hasta donde podía ver. Se agachó, tanteó con una mano hacia la superficie del agua, y descubrió que el pie del muro se alzaba en arco por encima de la corriente. No podía decir cuánto espacio había entre el agua y el arco, ni qué profundidad había. Sólo había una forma de descubrirlo, y era lanzarse a la corriente. Durante un instante vaciló, sopesando sus posibilidades. Tras él se encontraba casi con toda certeza el horrible destino de An-Tak; ante él nada más que una puerta comparativamente indolora, ahogándose. Alzando el zurrón por encima de la cabeza con una mano, bajó lentamente por el borde de la estrecha plataforma. Casi de inmediato sintió el agua fría en los tobillos, y entonces con una silenciosa oración se dejó caer al agua.

Grande fue el alivio de Bradley cuando descubrió que el agua no le llegaba más que a la cintura y que bajo sus pies había un firme suelo de gravilla. Avanzó con cautela corriente abajo, que no era tan fuerte como había imaginado por el ruido del agua.

Atravesó el arco, siguiendo las sinuosas curvas del muro a mano derecha. Después de unos metros de avance su mano entró en contacto con una cosa viscosa pegada a la pared: una criatura que siseó y se escurrió fuera de su alcance. No pudo saber qué era, pero casi instantáneamente oyó que algo caía al agua ante él, y luego algo más.

Continuó, pasando bajo otros arcos a diversas distancias, y siempre en total oscuridad. Los habitantes invisibles de esta gran alcantarilla, molestados por el intruso, saltaban al agua ante él y se perdían de vista. Una y otra vez su mano los tocaba y ni por un instante podía estar seguro de que al siguiente paso alguna criatura horrible no fuera a atacarlo. Se había colgado el zurrón del cuello, por encima de la superficie del agua, y en la mano izquierda llevaba su cuchillo. No podía tomar otro tipo de precauciones.

La monotonía del ciego avance quedó aumentada por el hecho de que desde el momento en que había empezado al pie de la escala había contado cada paso. Había prometido regresar a por An-Tak si era humanamente posible hacerlo, y sabía que en la oscuridad del túnel no podría localizar el pie de la escala de otra manera.

Había dado doscientos sesenta y nueve pasos (después supo que nunca olvidaría ese número) cuando algo chocó suavemente contra él desde detrás. Al instante se dio media vuelta y con el cuchillo preparado para defenderse extendió la mano derecha para apartar el objeto que ahora se pegaba contra su cuerpo. Sus dedos palparon en la oscuridad hasta entrar en contacto con algo frío y pegajoso; pasaron de un lado a otro hasta que Bradley supo que se trataba de la cara de un cadáver que flotaba en la superficie de la corriente. Con una imprecación empujó a su horrible compañero hasta el centro de la corriente para que siguiera flotando hacia la gran laguna y los carroñeros de las profundidades que esperaban.

Cuando llevaba cuatrocientos treinta pasos otro cadáver chocó contra él. No era capaz de imaginar cuántos habrían pasado de largo sin tocarlo, pero de repente experimentó la sensación de que estaba rodeado de caras muertas que flotaban junto a él, todas con horribles muecas fijas, los ojos muertos mirando a este extraño profanador que se atrevía a introducirse en las aguas de este río de los muertos, una escolta horrible, cargada de sombríos presagios y amenazas.

Aunque avanzaba muy despacio, siempre trataba de dar pasos de la misma longitud; por eso sabía que aunque había pasado mucho tiempo, en realidad no había avanzado más de cuatrocientos metros cuando delante vio que la oscuridad se hacía más leve, y en el siguiente giro de la corriente sus inmediaciones se volvieron vagamente discernibles. Sobre él había un techo abovedado y en las paredes a cada lado aparecían aberturas cubiertas de puertas de madera. Justo ante él, en el techo del acueducto, había un agujero redondo y negro de unas treinta pulgadas de diámetro.

Bradley todavía estaba contemplando la abertura cuando pasó junto a él el cadáver desnudo de un ser humano que casi inmediatamente se alzó a la superficie y se perdió corriente abajo. A la tenue luz Bradley vio que era un wieroo muerto al que habían quitado las alas y la cabeza.

Un momento después pasó flotando otro cadáver sin cabeza, y al recordar lo que An-Tak le había dicho de la costumbre de coleccionar cráneos de los wieroos, Bradley se preguntó cómo era posible que el primer cadáver que había encontrado en la corriente no hubiera sido mutilado de la misma forma.

Cuanto más avanzaba ahora, más luz había. El número de cadáveres era mucho más pequeño de lo que había imaginado: sólo dos pasaron junto a él antes de que, a los seiscientos pasos, o a unos quinientos metros desde el momento en que se internó en el caudal, llegó al final del túnel y contempló el agua iluminada por el sol, corriendo entre orillas rodeadas de hierba.

Uno de los últimos cadáveres que pasó junto a él estaba todavía vestido con la túnica blanca de los wieroos, manchada de sangre en el cuello sin cabeza.

Tras acercarse a la abertura que conducía a la brillante luz del día, Bradley escrutó lo que había más allá. A corta distancia se alzaba un gran edificio en el centro de varios acres de un terreno cubierto de hierba y árboles, sobre el arroyo que desaparecía a través de una abertura en sus murallas. Debido al gran tejado en forma de platillo y los vivos colores de las diversas partes de la heterogénea estructura, reconoció que era el templo que había sobrevolado cuando lo llevaban al Lugar Azul de los Siete Cráneos.

Los wieroos volaban de un lado a otro, entrando y saliendo del templo. Otros cruzaban a pie el terreno descubierto, ayudándose con sus grandes alas, de modo que apenas rozaban el suelo. Dejar la boca del túnel habría sido arriesgarse a ser descubierto y capturado al instante; pero Bradley no sabía por qué otro camino podría escapar, a menos que rehiciera sus pasos corriente arriba y buscara salir por el otro extremo de la ciudad. La idea de recorrer de nuevo aquel oscuro y horripilante túnel tal vez durante kilómetros era insoportable: tenía que haber otro medio. Tal vez después de que oscureciera podría atravesar los terrenos del templo y seguir corriente abajo hasta dejar atrás la ciudad. Y así esperó hasta que sus miembros quedaron casi paralizados de frío, y supo que tenía que encontrar algún otro plan de huida.

Casi había decidido arriesgarse a nadar bajo el agua hasta el templo, a pesar de que corría el peligro de que cualquier wieroo que volara sobre el arroyo pudiera verlo fácilmente, cuando de nuevo un objeto flotante chocó contra él desde atrás. Se giró rápidamente y vio que era lo que había supuesto: un cadáver wieroo sin alas y sin cabeza. Con un gruñido de disgusto estaba a punto de apartarlo de él de un empujón cuando el atuendo blanco que lo amortajaba le sugirió un osado plan.

Agarró al cadáver por un brazo y le quitó el atuendo y luego dejó el cuerpo flotar corriente abajo, hacia el templo. Con gran cuidado se envolvió en la túnica, disponiendo sobre su propia cabeza la zona manchada de sangre que había cubierto el cuello cercenado. Apretó lo más fuerte posible su zurrón contra su pecho y lo ocultó bajo su chaqueta. Así, se introdujo suavemente en la corriente y, de espaldas, se dejó flotar hacia la luz del sol.

A través de la tela podía distinguir objetos grandes. Vio a un wieroo aletear sobre él; vio las orillas del riachuelo pasar de largo; oyó un súbito quejido en la orilla derecha, y el corazón se le paró al pensar que lo habían descubierto, pero no movió ni un solo músculo y no traicionó que sólo un frío trozo de barro flotaba sobre el fondo del agua. Pronto, aunque le pareció una eternidad, la luz del sol se apagó, y supo que la corriente lo había hecho llegar al templo.

Buscó rápidamente el fondo con los pies y rápidamente se irguió, arrancando la tela ensangrentada y pegajosa de su torso. A ambos lados había paredes pulidas y ante él el río trazaba un brusco giro y desaparecía. Avanzando cautelosamente, se acercó al recodo y se asomó. A su izquierda había una baja plataforma a un palmo sobre el nivel del agua, y no tardó tiempo en subir hasta allí, pues estaba empapado de la cabeza a los pies, y sentía frío y estaba casi exhausto.

Mientras descansaba en el saliente pavimentado de cráneos, vio en el centro de la cripta sobre el río otro de aquellos siniestros agujeros redondos, y esperó ver caer de un momento a otro un cadáver sin cabeza, lanzado en su último viaje a una tumba acuática.

A unos pocos pasos plataforma abajo una puerta cerrada rompía lo liso de la pared. Mientras la observaba preguntándose qué había más allá, la mente llena de fragmentos de muchos descabellados planes de huida, se abrió y un wieroo de blanca túnica salió a la plataforma. La criatura llevaba una gran bacina de madera llena de basura. No advirtió a Bradley, que se agazapó como pudo en el rincón. El wieroo se acercó al borde de la plataforma y vació la basura en el arroyo. Si se daba la vuelta y empezaba a volver hacia la puerta, existía una pequeña oportunidad de que no lo viera; pero si se giraba hacia él, no habría ninguna. Bradley contuvo la respiración.

El wieroo se detuvo un momento, contemplando el agua, luego se enderezó y se volvió hacia el inglés. Bradley no se movió. El wieroo se detuvo y lo miró intensamente. Se acercó, como dubitativo. Bradley permaneció inmóvil, como tallado en piedra. La criatura estaba directamente ante él. No había ninguna posibilidad de que no descubriera lo que era.

Con la rapidez de un gato, Bradley se puso en pie de un salto y con su gran fuerza, reforzada por su peso, golpeó al wieroo en la barbilla. Sin emitir un sonido la criatura se desplomó en el suelo, mientras Bradley, siguiendo casi instintivamente el impulso de la primera ley de la naturaleza, hizo rodar el cuerpo exánime hasta el río.

Entonces miró la puerta abierta, cruzó la plataforma y se asomó al apartamento que había más allá. Lo que vio era una habitación grande, tenuemente iluminada, y los costados de cajas de madera amontonadas unas encima de otras. No había ningún wieroo a la vista, así que el inglés entró. Al otro extremo de la habitación había una puerta, y mientras se dirigía hacia ella, se asomó a alguna de las cajas, que estaban llenas de frutas, verduras y pescados secos. Sin hacer ningún ruido se llenó el zurrón, pensando en la pobre criatura que aguardaba su regreso en el Lugar de los Siete Cráneos.

Cuando llegara la noche, regresaría y traería a An-Tak al menos hasta aquí; pero mientras tanto tenía intención de explorar el lugar con la esperanza de descubrir una salida más fácil de la ciudad que la que ofrecía el negro y gélido canal del fantasmagórico río de cadáveres.

Tras la puerta se extendía un largo pasillo donde unas puertas cerradas indicaban el acceso a otras partes de los sótanos del templo. A unos pocos metros del almacén una escala se extendía hasta una abertura en el techo. Bradley se detuvo al pie, debatiendo si debía seguir explorando o regresar al río; pero en él era fuerte el espíritu de exploración que había llevado a su raza a los cuatro rincones de la tierra. ¿Qué nuevos misterios yacían ocultos en las cámaras de arriba? La urgencia por conocer era fuerte, pero su juicio le advertía que lo más seguro era retirarse. Permaneció indeciso un momento, pasándose los dedos por el pelo; luego mandó la discreción a hacer gárgaras y empezó a subir.

En conformidad con la arquitectura wieroo que ya había observado, el pozo por el que subía la escala continuamente se inclinaba de la perpendicular. A intervalos más o menos regulares estaba horadado por aberturas cerradas por puertas, ninguna de las cuales pudo abrir hasta que escaló sus buenos quince metros desde el nivel del río. Aquí descubrió una puerta entornada que daba a una cámara grande y circular, cuyas paredes y suelos estaban cubiertos con las pieles de bestias salvajes y con esteras de muchos colores; pero lo que más le interesó fueron los ocupantes de la sala: un wieroo y una muchacha de proporciones humanas. Estaba de pie, con la espalda apoyada contra la columna que se alzaba en el centro del apartamento del suelo al techo: una columna hueca de unas cuarenta pulgadas de diámetro donde pudo ver una abertura de unas treinta pulgadas de diámetro. La muchacha se hallaba de lado respecto a Bradley, el rostro vuelto, pues estaba mirando al wieroo, que ahora avanzaba lentamente hacia ella, hablando mientras lo hacía.

Bradley pudo oír claramente las palabras de la criatura, que instaba a la muchacha a acompañarlo a otra ciudad wieroo.

—Ven conmigo -dijo-, y conservarás la vida. Quédate aquí y El Que Habla Por Luata te reclamará para sí; y cuando acabe contigo, tu cráneo se blanqueará en lo alto de un poste mientras tu cuerpo alimenta a los reptiles en la desembocadura del Río de la Muerte. Aunque traigas al mundo a una wieroo femenina, tu destino será el mismo si no huyes de él, mientras que conmigo tendrás vida y comida y nadie te hará daño.

Estaba bastante cerca de la muchacha cuando ésta le replicó a la cara con todas sus fuerzas.

—Hasta que me maten -exclamó-, lucharé contra todos vosotros.

De la garganta del wieroo surgió aquel gemido que Bradley había oído tan a menudo en el pasado, como un grito de dolor convertido en un aullido, y entonces la criatura saltó hacia la muchacha, el rostro distorsionado en una horrible mueca mientras la arañaba y la golpeaba para obligarla a caer al suelo.

El inglés estaba a punto de saltar a defenderla cuando la puerta del otro lado de la cámara se abrió para dejar paso a un enorme wieroo vestido completamente de rojo. Al ver a los dos peleando en el suelo, el recién llegado alzó la voz en un alarido de furia. Al instante el wieroo que estaba atacando a la muchacha se puso en pie de un salto y se encaró al otro.

—Lo he oído -gritó el que acababa de entrar-. Lo he oído, y cuando El Que Habla Por Luata se entere…

Hizo una pausa e hizo un elocuente gesto pasándose un dedo por la garganta.

—No se enterará -respondió el primer wieroo, y con un poderoso movimiento de sus grandes alas se abalanzó contra la figura vestida de rojo.

El recién llegado esquivó el primer ataque, desenvainó una hoja curva que llevaba bajo la túnica roja, desplegó las alas y se lanzó contra su antagonista. Batiendo sus alas, gimiendo y aullando, las dos horribles criaturas midieron sus distancias. El de la túnica blanca, como estaba desarmado, intentó agarrar al otro por la muñeca de la mano que empuñaba el cuchillo y por la garganta, mientras el otro daba saltitos alrededor, buscando una abertura para descargar un golpe mortal. Lo intentó y falló, y luego el otro se abalanzó contra él y lo sujetó. Inmediatamente los dos empezaron a golpearse las cabezas con las articulaciones de sus alas, y a dar patadas con sus blandos pies y a morderse las caras.

Mientras tanto, la muchacha intentó apartarse de los duelistas, y al hacerlo Bradley llegó a verle la cara e inmediatamente reconoció que era la chica del lugar de la puerta amarilla. No se atrevió a intervenir ahora hasta que uno de los wieroos hubiera vencido al otro, no fuera a ser que los dos se volvieran contra él, pues era posible que lo derrotaran en una batalla tan desigual, y por eso esperó, viendo como el de la túnica blanca estrangulaba lentamente al de rojo. La lengua salida y los ojos saltones proclamaban que el final estaba cerca y un momento más tarde el de la túnica roja se desplomó al suelo, el cuchillo curvo resbalando de sus dedos sin nervios. Durante un instante el vencedor siguió apretando la garganta de su derrotado antagonista y luego se levantó, arrastrando el cadáver consigo, y se acercó a la columna central. Aquí alzó el cuerpo y lo metió en la abertura, donde Bradley lo vio perderse de vista de repente. Al instante recordó las aberturas circulares en el techo de la cripta subterránea y los cadáveres que había visto caer al río de abajo.

Mientras el cadáver desaparecía, el wieroo se volvió y buscó a la muchacha en la habitación. Durante un momento, se quedó mirándola.

—Has visto -murmuró-, y si lo cuentas, El Que Habla Por Luata hará que me corten las alas mientras estoy vivo y me cortarán la cabeza y me arrojarán al Río de la Muerte, pues es lo que sucede incluso al más alto que mata a uno de túnica roja. ¡Lo has visto, y debes morir! -terminó de decir con un grito, y se lanzó contra la muchacha.

Bradley no esperó más. Saltó a la habitación y corrió hacia el wieroo, que ya había agarrado a la muchacha, y mientras corría se agachó y recogió la hoja curva. La criatura le daba la espalda y, con la mano izquierda, lo cogió por el cuello. Como un relámpago las grandes alas batieron hacia atrás mientras la criatura se volvía, y Bradley perdió el equilibrio, aunque no llegó a soltar la hoja. Al instante el wieroo cayó sobre él. Bradley yacía apoyado sobre el codo izquierdo, la mano derecha libre, y mientras la cosa se acercaba, lanzó un tajo al horrible rostro con todas sus fuerzas.

La hoja golpeó la unión del cuello y el torso con tanta fuerza que decapitó por completo al wieroo y la horrible cabeza cayó al suelo y el cuerpo se precipitó sobre el inglés. Tras hacerlo a un lado, Bradley se puso en pie y miró a la muchacha, que lo miraba con ojos espantados.

—¡Luata! -exclamó ella-. ¿Cómo has llegado aquí?

Bradley se encogió de hombros.

—Aquí estoy -dijo-, pero ahora lo importante es que los dos salgamos de aquí.

La muchacha negó con la cabeza.

—No puede ser -dijo tristemente.

—Eso es lo que yo pensé cuando me arrojaron al Lugar Azul de los Siete Cráneos -respondió Bradley-. No se puede hacer. Y lo hice. Estás manchando todo el suelo -le dijo al wieroo muerto, y arrastró el cadáver hasta el poste central, donde lo alzó hasta la abertura y lo metió en el tubo. Luego recogió la cabeza y la lanzó tras el cuerpo.

—No pongas esa cara -le dijo mientras la llevaba al pozo-. ¡Sonríe!

—¿Pero cómo puede sonreír? -preguntó la muchacha, con una expresión medio aturdida medio asombrada en el rostro-. Está muerto.

—Así es -admitió Bradley-, y supongo que se siente un poco culpable.

La muchacha sacudió la cabeza, y se apartó del hombre, dirigiéndose a la puerta.

—¡Vamos! -dijo el inglés-. Tenemos que salir de aquí. Si no conoces un camino mejor que el río, entonces será el río.

La muchacha lo miró todavía temerosa.

—¿Pero cómo podía sonreír si estaba muerta?

Bradley se rio con ganas.

—Creí que los ingleses teníamos el peor sentido del humor del mundo -exclamó-. Pero ahora he encontrado a un ser humano que no tiene ninguno. Naturalmente, no entiendes ni la mitad de lo que digo. Pero no te preocupes, muchachita. No voy a hacerte daño, y si puedo sacarte de aquí, lo haré.

Aunque ella no entendió todo lo que dijo, al menos interpretó algo en su sonriente semblante, algo que la tranquilizó.

—No te temo -dijo-, aunque no comprendo todo lo que dices a pesar de que hablas mi propia lengua y usas palabras que sé. Pero en cuanto a escapar -suspiró-, ay, ¿cómo puede hacerse?

—Yo escapé del Lugar Azul de los Siete Cráneos -le recordó Bradley-. ¡Ven!

Y se volvió hacia el pozo y la escala por la que había subido desde el río.

—No podemos perder tiempo aquí.

La muchacha lo siguió, pero en el umbral ambos se apartaron, pues desde abajo llegó el sonido de alguien que ascendía.

Bradley se dirigió de puntillas a la puerta y se asomó cautelosamente al pozo; luego regresó junto a la muchacha.

—Suben media docena de ellos. Pero probablemente pasarán de largo.

—No -dijo ella-, pasarán directamente por esta habitación: van camino de El Que Habla Por Luata. Tal vez podamos escondernos en la habitación de al lado: hay pieles y podemos ocultarnos debajo. No se detendrán en esa habitación, pero puede que se detengan en esta un ratito… la otra habitación es azul.

—¿Qué tiene eso que ver? -preguntó el inglés.

—Le tienen miedo al azul -respondió ella-. En todas las habitaciones donde se ha cometido un asesinato encontrarás azul: una cierta cantidad por cada asesinato. Cuanto la habitación es entera azul, la cierran. Esta habitación tiene mucho azul, pero evidentemente matan sobre todo en la habitación de al lado, que ahora es toda azul.

—Pero hay azul en el exterior de todas las casas que he visto -dijo Bradley.

—Sí -asintió la muchacha-, hay habitaciones azules en cada una de las casas: cuando todas las habitaciones son azules entonces todo el exterior de la casa será azul, como es el Lugar Azul de los Siete Cráneos. Hay muchas aquí.

—¿Y los cráneos con azul pintado encima? -inquirió Bradley-. ¿Pertenecían a asesinos?

—Fueron asesinados… algunos de ellos: los que tienen sólo una pequeña cantidad de azul eran asesinos, asesinos conocidos. Todos los wieroos son asesinos. Cuando han cometido un cierto número de crímenes sin ser capturados, confiesan ante El Que Habla Por Luata y son avanzados, y entonces llevan túnicas con franjas de algún color… creo que el amarillo es el primero. Cuando llegan a un punto en que toda la túnica es amarilla, la cambian por una túnica blanca con una franja roja: y cuando uno gana una túnica roja completa, lleva un cuchillo largo y curvo como el que tienes en la mano. Después de eso viene la franja azul en la túnica blanca, y luego, supongo, la túnica toda azul. Nunca he visto ninguna.

Mientras hablaban en voz baja pasaron de la habitación del pozo de la muerte a la habitación adjunta, toda azul, donde se sentaron en un rincón con las espaldas apoyadas contra la pared, y se rodearon de un montón de pieles. Un momento después oyeron a los wieroos entrar en la cámara. Hablaban entre sí mientras cruzaban la habitación, o de lo contrario no habrían podido oírlos. A mitad de la cámara se detuvieron, porque la puerta hacia la que se dirigían se abrió y otra media docena de wieroos entró en el apartamento.

Bradley pudo suponer todo esto por el aumento de volumen de sonido y los fuertes saludos; pero no pudo dar explicación al súbito silencio que se produjo casi inmediatamente, pues no podía saber que bajo una de las pieles que lo cubrían asomaba uno de sus pesados zapatos del ejército, ni que unos dieciocho wieroos con túnicas de rojo sólido o veteadas de rojo estaban mirándolo. Tampoco pudo oír su sibilina aproximación.

La primera indicación que tuvo de que lo habían descubierto fue cuando le agarraron de repente el pie, y lo arrancaron con violencia de debajo de las pieles. Se encontró entonces rodeado de hojas amenazantes. Lo habrían matado en el acto si uno de los que iban vestidos todo de rojo no los hubiera contenido, diciendo que El Que Habla Por Luata deseaba ver a esta extraña criatura.

Mientras se lo llevaban, Bradley tuvo oportunidad de mirar hacia atrás para ver qué había sido de la muchacha y, para su alegría, descubrió que todavía estaba oculta bajo las pieles. Se preguntó si ella tendría valor para intentar sola el viaje por el río y lamentó no poder acompañarla. Se sintió bastante deprimido, más que nunca desde que lo capturaron los wieroos, porque no parecía haber el menor motivo de esperanza en su actual situación. Había dejado la hoja curva entre las pieles cuando lo arrancaron tan violentamente de su escondite. Casi resignado, acompañó silenciosamente a sus captores a través de las diversas cámaras y pasillos, hacia el corazón del templo.

Capítulo IV

Cuanto más avanzaba el grupo, más bárbaras y suntuosas se volvían las decoraciones. Predominaban las pieles de tigres y leopardos, al parecer por sus hermosas marcas, y los cráneos decorativos se hacían cada vez más numerosos. Muchos de estos estaban montados en metales preciosos, adornados con piedras de colores y gemas sin precio, mientras que en las pieles que cubrían las paredes había ornamentos de oro similares a los que llevaba la muchacha y los que ya había visto en los cofres que examinó en el almacén de Fosh-bal-soj, lo cual llevó al inglés a la convicción de que eran tesoros de guerra o robo, ya que cada pieza parecía hecha para adorno personal, y hasta ahora no había visto a ningún wieroo con adornos de ningún tipo.

Y también a medida que iban avanzando los wieroos que recorrían el templo se hicieron más y más numerosos. Ahora eran muchas las túnicas rojas enteras, y los que llevaban la franja azul: un verdadero cubil de asesinos.

Por fin el grupo se detuvo en una sala donde había muchos wieroos, quienes se congregaron alrededor de Bradley y preguntaron a sus captores mientras lo examinaban a él y a su atuendo. Uno de los miembros del grupo que acompañaba al inglés habló aun wieroo que permanecía de pie junto a una puerta.

—Dile a El Que Habla Por Luata que no pudimos encontrar a Fosh-bal-soj; pero que a cambio encontramos a esta criatura dentro del templo, escondiéndose. Debe ser el mismo que Fosh-bal-soj capturó en el país sto-lu durante la última oscuridad. Sin duda El Que Habla Por Luata deseará ver e interrogar a este extraño ser.

El wieroo de la puerta se dio la vuelta, entró y la cerró tras de sí, pero primero depositó su cuchillo curvo en el suelo. Su puesto fue ocupado inmediatamente por otro, y Bradley vio ahora que al menos veinte guardias deambulaban por las inmediaciones. El guardián de la puerta estuvo fuera apenas un instante, y cuando regresó, indicó al grupo de Bradley que entrara en la cámara de al lado; pero primero cada uno de los wieroos se despojaron de la hoja curva y la dejaron en el suelo. La puerta se abrió, y el grupo, ahora reducido a Bradley y cinco wieroos, entró a una sala grande y de forma irregular donde había un único y gigantesco wieroo, cuya túnica era toda azul, sentado en un dosel cubierto.

La cara de la criatura era blanca como la de un cadáver, sus ojos muertos carecían por completo de expresión, y sus labios finos y crueles mostraban unos dientes amarillos en una mueca perpetua. A cada lado había una enorme espada curva, similar a la que tenían los otros wieroos, pero más grande y más pesada. Constantemente sus dedos como garras jugueteaban con un arma u otra.

Las paredes de la cámara, así como el suelo, estaban completamente cubiertas de pieles y telas tejidas. El azul predominaba en todo. Aplastados contra las pieles había muchos pares de alas wieroo, montadas de manera que parecían largos escudos negros. En el cielo había pintada con caracteres azules una asombrosa serie de jeroglíficos, y en los pedestales contra las paredes o amontonados en el centro de la habitación, había muchos cráneos humanos.

Mientras los wieroos se acercaban a la criatura del dosel, se inclinaron hacia adelante, alzando las alas por encima de sus cabezas y estirando el cuello como ofreciéndolo a las afiladas espadas de la sombría y horrible criatura.

—¡Oh Tú Que Hablas por Luata! -exclamó un miembro del grupo-. Te traemos la extraña criatura que capturó Fosh-bal-soj y nos ponemos a tus órdenes.

¡Así que ésta era la mítica figura que hablaba en nombre de la divinidad! ¡Este archi-asesino era el representante caspakiano de Dios en la Tierra! Su túnica azul anunciaba lo primero y la aparente humildad de sus sicarios lo otro. Durante un largo minuto observó a Bradley. Luego empezó a interrogarlo: de dónde venía y cómo, el nombre y la descripción de su país nativo, y un centenar de otras preguntas.

—¿Eres cos-ata-lu? -inquirió la criatura.

Bradley respondió que lo era y que lo era toda su especie, además de todos los seres vivos en su parte del mundo.

—¿Puedes contarme el secreto? -preguntó la criatura.

Bradley vaciló y entonces, pensando en ganar tiempo, contestó afirmativamente.

—¿Cuál es? -exigió el wieroo, inclinándose hacia adelante y exhibiendo claras pruebas de su excitado interés.

Bradley se inclinó a su vez hacia adelante y susurró:

—Sólo lo puedes oír tú; no lo divulgaré a los demás, y sólo con la condición de que me lleves a mí y a la muchacha que vi en el lugar de la puerta amarilla de vuelta a su país.

La criatura se levantó, airado, alzando una de sus espadas por encima de la cabeza.

—¿Quién eres tú para poner condiciones a El Que Habla Por Luata? -chilló-. ¡Cuéntame el secreto o muere donde estás!

—Si muero ahora, el secreto morirá conmigo -le recordó Bradley-. Nunca más tendrás la oportunidad de interrogar a otro de mi especie que conozca el secreto.

Cualquier cosa valía para ganar tiempo, para hacer salir de la habitación al resto de los wieroos, y así poder idear un plan de huida y llevarlo a la práctica.

La criatura se volvió hacia el líder del grupo que había traído a Bradley.

—¿Tiene esta cosa armas?

—No.

—Entonces marchaos. Pero decidle al guardia que no se aleje -ordenó el superior.

Los wieroos hicieron una reverencia y se marcharon, cerrando la puerta tras ellos. El Que Habla Por Luata agarró nervioso una espada con la mano derecha. A su izquierda se hallaba una segunda arma. Era evidente que vivía en el temor constante de ser asesinado. El hecho de que no permitiera que hubiera nadie armado en su presencia y tuviera siempre dos espadas a mano lo confirmaba.

Bradley se estaba devanando los sesos buscando algún indicio que pudiera volver la situación a su favor. Sus ojos miraron más allá de la extraña figura que tenía delante; recorrieron las paredes del apartamento como buscando inspiración en los cráneos muertos y las pieles y las alas, y entonces volvió a mirar al dios wieroo, que ahora mostraba su furia.

—¡Rápido! -gritó el ser-. ¡El secreto!

—¿Nos darás la libertad a la muchacha y a mí? -insistió Bradley.

Durante un instante la criatura vaciló, y luego murmuró:

—Sí.

En el mismo instante Bradley vio que dos pieles en la pared, situadas directamente detrás del dosel, se separaban y un rostro aparecía en la abertura. Ningún cambio de expresión en el semblante del inglés traicionó que había visto algo, aunque se sorprendió pues el rostro en la abertura era el de la muchacha que estaba oculta bajo las pieles en la otra cámara. Un brazo blanco y contorneado asomó a la habitación, y en la mano, bien sujeta, apareció la hoja curva, manchada de sangre, que Bradley había dejado bajo las pieles en el momento en que fue descubierto y capturado. -Escucha, entonces -le dijo Bradley en voz baja al wieroo-. Sabrás el secreto de cos-ata-lu tan bien como yo: pero nadie más debe oírlo. Acércate más: te lo susurraré al oído.

Avanzó y subió al dosel. La criatura alzó la espada, lista para golpear a la primera indicación de traición, y Bradley se inclinó bajo la hoja y acercó la oreja a aquel rostro horrible. Al hacerlo, apoyó su peso en ambas manos, una a cada lado del cuerpo del wieroo, la mano derecha sobre la empuñadura de la segunda espada que yacía a la izquierda de El Que Habla Por Luata. -Este es el secreto de la vida y la muerte -susurró, y al mismo tiempo cogió al wieroo por la muñeca derecha y con la mano derecha cogió la segunda espada y descargó un sañudo golpe contra el cuello de la criatura antes de que ésta pudiera emitir siquiera un grito de alarma. Sin esperar un instante, Bradley saltó sobre el dios muerto y desapareció tras las pieles que habían ocultado a la muchacha.

Con los ojos como platos y jadeando, la muchacha lo agarró por el brazo.

—Oh, ¿qué has hecho? -gimió-. Luata vengará a El Que Habla Por Luata. Ahora sí que vas a morir. No hay escape, pues aunque lleguemos a mi país, Luata puede encontrarte.

—¡Tonterías! -exclamó Bradley, y entonces añadió-: Pero tú misma ibas a apuñalarlo.

—Entonces sólo yo habría muerto -replicó ella.

Bradley se rascó la cabeza.

—Ninguno de los dos va a morir -dijo-, al menos no a manos de ningún dios. Pero si no salimos de aquí, nos matarán. ¿Puedes encontrar el camino de vuelta a la habitación donde te encontré por primera vez en el templo?

—Conozco el camino -respondió la muchacha-, pero dudo que podamos hacerlo sin ser vistos. Pude llegar hasta aquí porque sólo me encontré con wieroos que sabían que tenía que estar en el templo; pero no se puede ir a ninguna otra parte sin ser descubierto.

La ingenuidad de Bradley se había topado con un muro de piedra. No parecía haber ninguna posibilidad de huida. Miró a su alrededor. Estaban en una pequeña sala cubierta de basura: jirones de ropa, viejas pieles, trozos de cuerda de fibra. En el centro de la sala había una columna cilíndrica con una abertura en su superficie. Bradley sabía para qué servía. El suelo alrededor de la abertura y los lados de la columna estaban cubiertos por una sustancia seca, marrón oscuro que el inglés sabía que alguna vez fue sangre. El lugar tenía el aspecto de haber sido un verdadero matadero. El olor a carne podrida permeaba el aire.

El inglés se acercó a la columna y se asomó a la abertura. Debajo todo estaba oscuro como boca de lobo; pero sabía que en el fondo había un río. De repente la inspiración y un atrevido plan saltaron en su mente. Se volvió con rapidez y rebuscó por la sala hasta que encontró lo que buscaba: un tramo de cuerda que yacía esparcida aquí y allá. Con rápidos dedos soltó los diferentes trozos, con la ayuda de la muchacha, y luego ató los trozos hasta que tuvo tres cuerdas de unos tres metros de longitud. Las unió por cada extremo y sin decir palabra aseguró uno de los extremos alrededor del cuerpo de la muchacha, por debajo de sus brazos.

—No tengas miedo -dijo, mientras la llevaba hacia el pozo-. Voy a bajarte hasta el río, y luego iré detrás de ti. Cuando estés a salvo abajo, da dos rápidos tirones de la cuerda. Si hay peligro y quieres que te vuelva a subir, tira una vez. No tengas miedo… es el único camino.

—No tengo miedo -respondió la muchacha, demasiado deprisa, pensó Bradley, y se encaramó a la abertura y se quedó colgando de las manos a la espera de que Bradley la fuera haciendo bajar.

Tan rápidamente como exigía la seguridad, el hombre fue soltando cuerda. Cuando estaba a la mitad de la labor, oyó fuertes gritos y gemidos en la habitación que acababan de dejar atrás. Los wieroos habían descubierto la muerte de su dios. La búsqueda del asesino empezaría de inmediato.

¡Dios! ¿Es que la muchacha nunca llegaría al río? Por fin, justo cuando ya estaba seguro de que entraban en la habitación tras él, llegaron los dos rápidos tirones a la cuerda. Al instante Bradley rodeó la columna con los restos de cuerda, se deslizó por el negro tubo y empezó a descender rápidamente hacia el río. Un instante después se encontraba metido hasta la cintura en el agua, junto a la muchacha. Impulsivamente, ella lo cogió por el brazo. Un extraño escalofrío recorrió a Bradley tras el contacto; pero tan sólo cortó la cuerda que rodeaba su cuerpo y la aupó al pequeño saliente en la orilla del río.

—¿Cómo podremos salir de aquí? -preguntó ella. -Por el río -respondió él-; pero primero tengo que volver al Lugar Azul de los Siete Cráneos y sacar al pobre diablo que dejé allí. Tendré que esperar a que oscurezca, ya que no puedo pasar por la parte descubierta del río de día.

—Hay otro camino -dijo la muchacha-. Nunca lo he visto, pero a menudo los he oído hablar de ellos: un pasadizo que corre junto al río de un extremo a otro de la ciudad. A través de los jardines, es subterráneo. Si pudiéramos encontrar una entrada, podríamos salir de aquí de inmediato. Aquí no estamos seguros, pues registrarán cada pulgada del templo y los terrenos.

—Vamos -dijo Bradley-. Lo buscaremos de todas formas. Y tras decirlo se acercó a una de las puertas que asomaban al saliente pavimentado de cráneos.

Encontraron fácilmente el pasadizo, pues corría paralelo al río, separado solo por una pared. Los llevó bajo los jardines y la ciudad, siempre a través de una oscuridad total. Después de haber llegado al otro lado de los jardines, Bradley contó los pasos hasta rehacer los que había dado al venir corriente abajo: pero aunque tuvieron que ir palpando el camino, fue un viaje mucho más rápido que el anterior.

Cuando pensó que estaba frente al sitio por donde había descendido del Lugar Azul de los Siete Cráneos, buscó y halló una puerta que daba al río; y entonces, todavía en medio de una negrura absoluta, se internó en la corriente y fue buscando el pequeño saliente y la escala. Los encontró a diez metros del lugar por donde había emergido, mientras la muchacha esperaba al otro lado.

Ascender hasta el panel secreto fue trabajo de un minuto. Aquí se detuvo y prestó atención por si algún wieroo estaba visitando la prisión para buscarlo a él o al otro recluso; pero no llegó ningún sonido del sombrío interior. Bradley no podía sino imaginar la alegría del hombre del otro lado cuando volviera junto a él con comida y una nueva esperanza de huida. Entonces abrió el panel y se asomó a la habitación. La débil luz de la rejilla del techo revelaba el montón de harapos en un rincón, pero el hombre que yacía bajo ellos no respondió al saludo de Bradley.

El inglés descendió hasta el suelo y se acercó a los harapos. Tras inclinarse, los levantó un poco. Sí, allí estaba el hombre dormido. Bradley lo sacudió. No hubo respuesta. Se acercó más y a la tenue luz examinó a An-Tak. Luego se enderezó con un suspiro. Una rata saltó de entre los harapos y escapó.

—¡Pobre diablo! -murmuró Bradley.

Cruzó la habitación para encaramarse a la percha, disponiéndose a abandonar para siempre el Lugar Azul de los Siete Cráneos. Entonces se detuvo.

—No les daré la satisfacción -gruñó-. Hagámosles creer que se ha escapado.

Regresó al montón de harapos y cogió en brazos al hombre. Fue difícil encaramarlo al asidero y meterlo por la pequeña abertura hasta la escala, pero por fin lo consiguió, y llevó el cadáver al río y lo arrojó.

—¡Adiós, amigo! -susurró.

Un momento después se reunió con la muchacha y cogidos de la mano siguieron el oscuro pasadizo corriente arriba, hacia el otro extremo de la ciudad. Ella le dijo que los wieroos rara vez frecuentaban estos pasadizos inferiores, ya que el aire era demasiado frío para ellos. Pero de vez en cuando venían, y como podían ver igual de día que de noche, sin duda descubrirían a Bradley y la muchacha.

—Si se acercan lo suficiente, podemos ver sus ojos brillando en la oscuridad -dijo la muchacha-. Parecen puntos de luz. Brillan, pero no como los ojos del tigre o el león.

El hombre no pudo dejar de advertir el evidente horror con el que la muchacha hablaba de las criaturas. Para él los wieroos eran extraños, pero ella se había acostumbrado a verlos durante casi un año, y probablemente toda su vida los había visto o había oído hablar constantemente de ellos.

—¿Por qué los temes tanto? -preguntó-. Parece que es algo más que el temor ordinario al daño que pueden hacerte.

Ella trató de explicarse, pero lo máximo que él pudo comprender era que consideraba a los wieroos casi como seres sobrenaturales.

—Entre mi pueblo hay una leyenda que dice que una vez los wieroos sólo se diferenciaban de nosotros en que poseían alas rudimentarias. Vivían en aldeas en el país galu, y aunque los dos pueblos guerreaban con frecuencia, no se odiaban. En aquellos días cada raza venía desde el principio y había gran rivalidad respecto a cuál era la más alta en la escala de la evolución. Los wieroos desarrollaron los primeros eos-ata-lu, pero eran siempre machos: nunca pudieron reproducir mujeres. Lentamente empezaron a desarrollar ciertos atributos mentales que, consideraron, los situaban en un nivel aún más alto y que les dieron muchas ventajas sobre nosotros: sus mentes se volvieron como las estrellas y los ríos, moviéndose siempre de la misma forma, sin variar nunca. Llamaron a esto tas-ad, que significa hacerlo todo bien, o, en otras palabras, al modo wieroo. Si amigo o enemigo, bien o mal, se interpone en el camino del tas-ad, debe ser aplastado.

«Pronto los galus y las razas inferiores de hombres llegaron a odiarlos y temerlos. Fue entonces cuando los wieroos decidieron llevar el tas-ad a todos los rincones del mundo. Eran muy belicosos y muy numerosos, aunque hacía tiempo que habían adoptado la política de matar a todos aquellos cuyas alas no mostraban un desarrollo avanzado.

«Tardaron muchos años en que esto sucediera: lentamente se produjeron cambios distintos. Pero por fin los wieroos tuvieron alas que pudieran usar. Pero como siempre hacían la guerra a sus vecinos fueron odiados por toda criatura de Caspak, pues nadie quería su tas-ad, y por eso usaron sus alas para volar a esta isla cuando las otras razas se volvieron contra ellos y amenazaron con matarlos a todos. Tan crueles y sedientos de sangre se habían vuelto que ya no tienen corazones que latan con amor o compasión: pero su misma crueldad y maldad les impidió conquistar a las otras razas, ya que eran también crueles y malvados entre sí, y ningún wieroo confiaba en otro.

«Siempre estaban matando a sus superiores para poder conseguir poder y posesiones, hasta que por fin surgió quien fue más poderoso que los demás con un tas-ad propio. Congregó a su alrededor a algunos de los más terribles wieroos, y entre ellos hicieron leyes que quitaron a todos los wieroos las armas que poseían, menos a estos.

«Ahora su tas-ad ha alcanzado un plano superior entre ellos. Hacen muchas cosas maravillosas que nosotros no podemos hacer. Piensan grandes pensamientos, sin duda, y aún sueñan con grandezas por venir, pero sus pensamientos y sus actos están regulados por años de costumbre: todos son iguales, y son infelices.

Mientras la muchacha hablaba, los dos avanzaban firmemente por el pasadizo junto al río. Habían recorrido una distancia considerable cuando desde lejos les llegó el rugido ahogado del agua al caer, que aumentó de volumen mientras avanzaban hasta que por fin llenó el pasadizo de un estruendo ensordecedor. Entonces el pasadizo terminó en un muro liso, pero en un hueco a la derecha había una escalera que subía, y a la izquierda una puerta que daba al río. Bradley probó primero con la puerta y, al abrirla, sintió el golpe del agua contra su cara. El pequeño recodo ante la puerta estaba mojado y resbaladizo, y el rugido del agua era tremendo. Sólo podía haber una explicación: habían llegado a una cascada, y si el pasadizo terminaba aquí, su huida había quedado cortada, ya que evidentemente era imposible seguir el lecho del río y ascender por la catarata.

Como la escalera era la única alternativa, los dos se volvieron hacia ella y, el hombre primero, iniciaron el ascenso a través de un pozo similar al que los había llevado a las plantas superiores del templo. Mientras subía, Bradley buscaba aberturas en los lados del pozo, pero no descubrió ninguna por debajo de los quince metros. A la primera a la que llegó estaba entornada, dejando que una leve luz fluyera al pozo. Se detuvo, y la muchacha llegó a su lado, y juntos se asomaron a la rendija y vieron una cámara de techo bajo donde había varias mujeres galu y un número igual de horribles pequeñas réplicas de los wieroos adultos con las que Bradley no estaba familiarizado.

Pudo sentir que el cuerpo de la muchacha se apretujaba contra el suyo y se echaba a temblar mientras sus ojos se posaban sobre los reclusos de la habitación, e involuntariamente le rodeó los hombros con un brazo, como para protegerla de un peligro que sentía aunque no llegaba a reconocer.

—Pobrecillas -susurró ella-. Éste es su horrible destino: ser prisioneras bajo la superficie de la ciudad con sus horribles hijos, a quienes odian tanto como odian a sus padres. Los wieroos mantienen a sus hijos así escondidos hasta que se hacen adultos por miedo a que sean asesinados por sus semejantes. Las habitaciones inferiores de la ciudad están llenas de muchos casos como éste.

Varios metros más arriba había una segunda puerta y tras ella encontraron una habitación pequeña llena de comida y cuencos de madera. Una ventana con rejas en una pared daba a un callejón, y a través de ella pudieron ver que estaban justo debajo del techo del edificio. Se acercaba la noche, y a una sugerencia de Bradley decidieron ocultarse aquí hasta después de que oscureciera y luego subir al tejado y explorar.

Poco después de acomodarse oyeron algo descender por la escala. Esperaron que continuara hueco abajo, y contuvieron la respiración mientras el sonido se acercaba a la puerta del almacén. El corazón se les encogió cuando oyeron abrirse la puerta y entre las rendijas en los cuencos vieron a un wieroo con franja amarilla entrar en la habitación. Lo reconocieron de inmediato, y la muchacha reaccionó apretando súbitamente el brazo de Bradley. Era el wieroo de la franja amarilla en cuyo habitáculo había visto Bradley por primera vez a la muchacha.

La criatura llevaba un cuenco de madera que llenó con comida seca de varios de los aljibes; entonces se dio la vuelta y salió de la habitación. Bradley pudo ver a través de la puerta parcialmente abierta que bajaba por la escala. La muchacha le dijo que le llevaba comida a las mujeres y jóvenes de abajo, y que aunque podía regresar inmediatamente, era posible que se quedara allí un rato.

—Estamos justo debajo del lugar de la puerta amarilla -dijo-. Está lejos del límite de la ciudad; tan lejos que no tendremos ninguna esperanza de escapar si subimos al tejado.

—Creo que de todos los lugares en Oo-oh este será el más fácil para escapar -replicó el hombre-. De todas formas, quiero regresar al lugar de la puerta amarilla y recuperar mi pistola si está allí.

—Está allí todavía -respondió la muchacha-. Vi cómo la metía en un cofre donde guarda las cosas que coge a sus prisioneros y sus víctimas.

—¡Bien! -exclamó Bradley-. Vamos, rápido.

Y los dos cruzaron la habitación hasta el pozo y subieron la escala hasta llegar a otra puerta que daba a una habitación vacía, la misma en la que Bradley había encontrado a la muchacha. Encontrar la pistola fue cuestión de un momento por parte de la compañera de Bradley; luego, a una señal del inglés, lo siguió hasta la puerta amarilla.

Había oscurecido bastante cuando los dos se internaron en el estrecho pasillo entre dos edificios. Unos cuantos pasos los llevaron sin ser descubiertos a la puerta del almacén donde se encontraba el cuerpo de Fosh-bal-soj. En la distancia, hacia el templo, pudieron oír sonidos como de una gran concentración de wieroos: el peculiar y agudo gemido que se alzaba sobre el batir de incontables alas.

—Se han enterado de la muerte de El Que Habla por Luata -susurró la muchacha-, y cuando nos encuentren, nos despedazarán, pues sólo los wieroos pueden matar... sólo ellos pueden practicar el tas-ad.

—Pero a ti no te matarán -dijo Bradley-. Tú no lo mataste.

—No les importará -insistió ella-. Si nos encuentran juntos, nos matarán a los dos.

—No nos encontrarán juntos -anunció Bradley decididamente-. Tú te quedarás aquí... no estarás peor que antes de que yo llegara, y yo iré lo más lejos que pueda y daré cuenta de tantos como pueda antes de que me maten. ¡Adiós! Eres una chica muy buena. Ojalá hubiera podido ayudarte.

—No -gimió ella-. No me dejes. Prefiero morir. Tenía esperanza de encontrar algún medio de regresar a mi país. Quería volver con An-Tak, que estará muy solo sin mí; pero ahora sé que nunca será posible. Es difícil matar la esperanza, aunque la mía está casi muerta. No me dejes.

—¡An-Tak! -repitió Bradley-. ¿Amabas a un hombre llamado An-Tak?

—Sí -replicó la muchacha-. An-Tak había salido a cazar cuando los wieroos me capturaron. ¡Cómo debe de haber desesperado por mí! También era cos-ata-lu, doce lunas mayor que yo, y habíamos estado toda la vida juntos.

Bradley permaneció en silencio. Así que ella amaba a An-Tak. No tuvo valor de decirle que An-Tak había muerto, ni cómo.

Se detuvieron a escuchar ante la puerta del almacén de Fosh-bal-soj. De dentro no llegaba sonido alguno, y suavemente Bradley abrió la puerta. Todo era negra oscuridad en el interior, pero poco después sus ojos se acostumbraron a la penumbra que aliviaba parcialmente la suave luz de las estrellas desde el exterior. El inglés buscó y encontró las cosas por las que había venido: dos túnicas, dos pares de alas muertas y varios tramos de cuerda de fibra. Ajustó con la cuerda un par de alas a los hombros de la muchacha. Luego la envolvió en la túnica, cubriéndole la cabeza con la capucha.

La oyó jadear de asombro cuando advirtió la ingenuidad y la osadía de su plan; entonces le indicó que le ajustara el otro par de alas y la túnica. Trabajando con dedos fuertes y diestros ella pronto terminó el trabajo, y los dos salieron al tejado, en todos los sentidos auténticos wieroos. Además de su pistola Bradley llevaba la espada del profeta wieroo muerto, mientras que la muchacha iba armada con la pequeña hoja del wieroo rojo.

Uno al lado del otro caminaron lentamente por los tejados, dirigiéndose al norte de la ciudad. Los wieroos aleteaban alrededor de ellos y varias veces pasaron junto a otros que caminaban o se sentaban en los tejados. Desde el templo todavía llegaban ruidos de conmoción, ahora taladrados por ocasionales alaridos.

—Los asesinos están desatados -susurró la muchacha-. Así otro se convertirá en la lengua de Luata. Eso nos viene bien, ya que los mantiene demasiado ocupados para tener tiempo para buscarnos. Piensan que no podemos escapar de la ciudad, y saben que no podemos dejar la isla… lo mismo que creo yo.

Bradley negó con la cabeza.

—Si hay algún medio, lo encontraremos.

—No lo hay -respondió la muchacha.

Bradley no contestó, y continuaron en silencio hasta que el extremo exterior de los tejados se hizo visible ante ellos.

—Casi hemos llegado -susurró él.

La muchacha le buscó los dedos y los apretó. Bradley pudo sentir los de ella temblar mientras devolvía el apretón, pero no le soltó la mano. Así, llegaron al borde del último tejado.

Se detuvieron y miraron alrededor. Verlos intentar bajar al suelo traicionaría el hecho de que no eran wieroos. Bradley deseó que sus alas estuvieran unidas a sus cuerpos por medio de músculo y hueso y no de cuerdas de fibra. Un wieroo aleteaba en las alturas. Otros dos se hallaban junto a una puerta a unos pocos metros de distancia. Colocándose entre ellos y uno de los pedestales exteriores que sostenían uno de los numerosos cráneos, Bradley ató un trozo de cuerda al pedestal y dejó caer el otro extremo al suelo, fuera de la ciudad. Entonces esperaron.

Pasó una hora antes de que el terreno quedara completamente despejado y un momento en que no hubiera ningún wieroo a la vista.

—¡Ahora! -susurró Bradley. Y la muchacha cogió la cuerda y se deslizó por el borde del tejado a la oscuridad de abajo. Un instante después Bradley sintió dos rápidos tirones a la cuerda e inmediatamente siguió a la muchacha.

Cruzaron un estrecho claro y se introdujeron en el bosque más allá. Caminaron toda la noche, siguiendo el río corriente arriba hacia su fuente, y al amanecer se refugiaron en un bosquecillo junto al caudal. En ningún momento oyeron los rugidos de los carnívoros, y aunque muchos animales asustados huían de ellos, no fueron amenazados por ninguna bestia salvaje. Cuando Bradley expresó su sorpresa por la ausencia de las más feroces bestias que son tan numerosas en la tierra firme de Caprona, la muchacha aclaró el motivo que explicaba sus antiguas leyendas.

—Cuando los wieroos desarrollaron alas con las que pudieron volar, encontraron esta isla vacía de ninguna otra vida más que los pocos reptiles que vivían en la tierra y en el agua, y sólo cerca de la costa. Como necesitaban carne para comer, los wieroos llevaron a la isla los animales que desearon para ese propósito. Todavía los traen ocasionalmente, y esto 1 aumento natural les proporciona carne fresca.

—Como haremos nosotros -sugirió Bradley.

El primer día permanecieron ocultos, comiendo sólo la comida seca Bradley había cogido del templo, y la noche siguiente emprendieron de nuevo el camino río arriba, continuando firmemente hasta casi el amanecer, cuando llegaron a unas lomas donde el río serpenteaba a través de un barranco: ahora era poco más que un riachuelo, y el agua era clara y fría y estaba llena de peces similares a las truchas pero mucho más grandes. Como no deseaban abandonar la corriente los dos chapotearon siguiendo su curso hasta que llegaron a un punto donde el barranco se ensanchaba entre macizos perpendiculares y continuaba en un bosquecillo de tierra llana. Aquí se detuvieron, pues también terminaba el arroyo. Habían llegado a su fuente: muchos manantiales fríos borboteaban en el centro de un pequeño anfiteatro natural en las colinas y formaban una clara y hermosa laguna a la sombra de los árboles a un lado, limitada por un pequeño claro al otro.

Cuando salió el sol vieron que habían llegado a un lugar donde podían ocultarse de los wieroos durante mucho tiempo y también defenderse de estas criaturas aladas, ya que los árboles los protegerían de un ataque desde el aire y también entorpecer los movimientos de las criaturas si intentaban seguirlos al bosque.

Durante tres días descansaron aquí antes de intentar explorar las inmediaciones. Al cuarto, Bradley declaró que iba a escalar los macizos rocosos para ver qué había más allá. Le dijo a la muchacha que permaneciera oculta, pero ella se negó a quedarse sola, diciendo que fuera cual fuese su destino, pretendía compartirlo, así que Bradley se vio obligado a permitirle que lo acompañara. Se abrieron paso a través de los bosques en la cima del promontorio, dirigiéndose hacia el norte, y había recorrido una corta distancia cuando el bosque terminó y ante ellos vieron las aguas del mar interior y tenuemente, en la distancia, la ansiada costa.

La playa se encontraba a unos doscientos metros del pie de la colina donde se encontraban, no había ningún árbol ni ninguna otra forma de refugio entre ellos y el agua hasta donde podían ver arriba y abajo de la costa. Entre otros planes Bradley había pensado en construir una balsa cubierta con la que pudieran llegar a tierra, pero semejante embarcación tendría que ser de un peso considerable, y habría que construirla en el agua, ya que no podían esperar moverla ni siquiera una corta distancia.

—Si este bosque estuviera tan solo al borde del agua… -suspiró.

—Pero no lo está -le recordó la muchacha-. Aprovechemos lo que tenemos. Hemos escapado de la muerte al menos por algún tiempo. Tenemos comida y agua y paz, y nos tenemos el uno al otro. ¿Qué más podríamos tener en tierra?

—¡Pero pensé que querías volver a tu país! -exclamó él.

Ella clavó la mirada en el suelo y casi se dio la vuelta.

—Sí, pero soy feliz aquí. Podría ser un poco más feliz.

Bradley reflexionó en silencio.

«¡Tenemos comida y agua y paz, y nos tenemos el uno al otro!», se repitió.

Se volvió y miró a la muchacha, y fue como si en los días que habían estado juntos esta fuera la primera vez que la veía realmente. Las circunstancias que los habían unido, los peligros que habían atravesado, todas las extrañas y horribles situaciones que habían formado el trasfondo de su concepción de ella habían tenido su efecto: ella no había sido más que la compañera de una aventura; su confianza en sí misma, su resistencia, su lealtad, habían sido únicamente lo que un hombre podría esperar de otro, y vio que había asumido inconscientemente hacia ella la misma actitud que podría haber asumido hacia un hombre. Sin embargo, había habido una diferencia: Bradley recordó ahora la extraña sensación de júbilo que lo asaltaba en las ocasiones en que la muchacha le había apretado la mano, y la tristeza que había seguido a su declaración de amor a An-Tak.

Dio un paso hacia ella. Una feroz ansia por agarrarla y aplastarla entre sus brazos lo inundó, y entonces en la pantalla de sus recuerdos apareció la imagen de una mansión entre amplios jardines y viejos árboles y un anciano orgulloso con pobladas cejas, un anciano que mantenía la cabeza muy alta, y Bradley sacudió la cabeza y se volvió de nuevo.

Regresaron a su pequeña pradera, y los días fueron y vinieron, y el hombre fabricó una lanza y un arco y flechas y cazó con ellos para poder tener carne, e hizo anzuelos con huesos de peces y capturó peces con maravillosas moscas de su propia invención; y la muchacha recogió frutos y cocinó la carne y los peces e hizo lechos de ramas y hierbas blandas. Curtió las pieles de los animales que él mataba y las ablandó a base de golpes. Hizo sandalias para ella y para el hombre y dio forma a una piel al estilo de las que llevaban los guerreros de su tribu y se la entregó al hombre para que la llevara, pues sus ropas estaban hechas jirones.

Ella era siempre igual: dulce y amable y servicial, pero siempre había en sus modales y su expresión un rastro de tristeza, y a menudo se sentaba y miraba al hombre cuando él no se daba cuenta, el entrecejo arrugado como si intentara sondearlo y comprenderlo. En la cara del acantilado Bradley abrió una cueva en el granito podrido que componía la colina, fabricando un refugio contra las lluvias. Traía madera para la hoguera que usaban sólo a medio día (un momento en que era poco probable que los wieroos estuvieran volando tan lejos de su ciudad), y luego aprendió a cubrirla con tierra de manera que las ascuas aguantaran hasta el mediodía siguiente sin desprender humo.

Siempre planeaba llegar a tierra firme, y no pasaba un solo día que no subiera a lo alto de la colina y contemplara la oscura y lejana línea que para él significaba una libertad comparativa y la posibilidad de reunirse con sus camaradas. La muchacha siempre lo acompañaba, se colocaba a su lado y contemplaba la severa expresión de su rostro con un deje de tristeza en el suyo.

—No eres feliz -dijo una vez.

—Debería estar allí con mis hombres -respondió él-. No sé qué puede haberles sucedido.

—Quiero que seas feliz -dijo ella sencillamente-, pero me sentiría muy sola si te fueras y me dejaras aquí.

Él le colocó la mano en el hombro.

—No haría eso, pequeña -dijo amablemente-. Si no puedes venir conmigo, no me iré. Si uno de los dos tiene que irse solo, serás tú.

La cara de ella se iluminó con una maravillosa sonrisa.

—Entonces no nos separaremos -dijo-, pues nunca te dejaré mientras los dos vivamos.

Él la miró a la cara un momento, y entonces preguntó:

—¿Quién era An-Tak?

—Mi hermano -respondió ella-. ¿Por qué?

Y entonces, aún menos que antes, pudo él contárselo. Fue entonces cuando hizo algo que nunca había hecho antes: la rodeó con los brazos e, inclinándose, la besó en la frente.

—Hasta que encuentres a An-Tak -dijo-, yo seré tu hermano.

Ella se apartó.

—Ya tengo un hermano -dijo-, y no quiero otro.

Capítulo V

Los días se convirtieron en semanas, y las semanas se convirtieron en meses, y los meses se sucedieron unos a otros en una lenta procesión de días calurosos y húmedos y noches cálidas y húmedas Los fugitivos nunca vieron a un solo wieroo durante el día, aunque a menudo oían de noche el horrible batir de alas gigantescas sobre ellos.

Cada día era igual que el anterior. Bradley nadaba durante unos minutos en la fría laguna cada mañana temprano, y después de un tiempo la muchacha lo probó y le gustó. En la parte central era lo bastante profunda como para poder nadar, y así le enseñó a nadar: ella fue probablemente la primera humana en todas las largas eras de Caspak en hacerlo. Y luego, mientras ella preparaba el desayuno, el hombre se afeitaba: esto no dejaba de hacerlo nunca. Al principio fue una fuente de asombro para la muchacha, pues los hombres galu son lampiños.

Cuando necesitaban carne, él cazaba, y de lo contrario se entretenía mejorando su refugio, haciendo armas nuevas y mejores, perfeccionando su conocimiento del lenguaje de la muchacha y enseñándola a hablar y escribir en inglés: cualquier cosa que los mantuviera a ambos ocupados. Seguía pensando en nuevos planes para escapar, pero cada vez con menos entusiasmo, ya que cada nueva idea presentaba algún obstáculo insuperable.

Y entonces un día, como un rayo caído del cielo, sucedió algo que acabó con la paz y seguridad de su santuario para siempre. Bradley estaba saliendo del agua después de su chapuzón matutino cuando desde lo alto llegó el sonido de alas batiendo. Al alzar rápidamente la cabeza el hombre vio un wieroo de túnica blanca volando lentamente sobre él. No pudo dudar que había sido descubierto porque la criatura incluso redujo su altura para asegurarse de que había visto a un hombre. Entonces se elevó rápidamente y se alejó camino de la ciudad.

Durante dos días Bradley y la muchacha vivieron en un constante estado de aprensión, esperando el momento en que los cazadores vinieran a por ellos; pero no sucedió nada hasta después del amanecer del tercer día, cuando el sonido de las alas les anunció que los wieroos se acercaban. Juntos se dirigieron a la linde del bosque y vieron en el cielo a cinco criaturas de túnica roja que descendían trazando espirales cada vez más bajas hacia el pequeño anfiteatro. No intentaban ocultar que llegaban, seguros de su habilidad para superar a estos dos fugitivos, y con enorme confianza en sí mismos aterrizaron en el claro, a unos pocos metros del hombre y la muchacha.

Siguiendo un plan que ya habían discutido, Bradley y la chica se retiraron lentamente hacia los bosques. Los wieroos avanzaron, llamándolos para que se rindieran; pero ellos no replicaron. Avanzaron más y más hacia el pequeño bosque, permitiendo que se acercaran cada vez más; entonces Bradley dio la vuelta hacia el claro, evidentemente para gran placer de los wieroos, que ahora los seguían más confiados, esperando el momento en que dejaran atrás los árboles y pudieran usar sus alas. Se habían desplegado en formación semicircular ahora, con la evidente intención de impedir que los dos regresaran al bosque. Cada wieroo avanzaba con su hoja curva en la mano, sus horribles rostros vacíos de toda expresión.

Fue entonces cuando Bradley abrió fuego con su pistola: tres disparos, apuntados con cuidadosa deliberación, pues hacía mucho tiempo que no usaba el arma, y no podía permitirse malgastar munición fallando. Ante cada disparo cayó un wieroo; y los dos restantes intentaron escapar volando, gritando y chillando a la manera de su especie. Cuando un wieroo corre, sus alas se despliegan casi sin que lo pretenda, ya que desde tiempo inmemorial siempre las han usado para equilibrarse y acelerar su velocidad de manera que al descubierto parecen rozar la superficie del suelo cuando intentan correr. Pero aquí en el bosque, entre los árboles, el despliegue de las alas les jugó a la contra: los retrasó y los detuvo y los arrojó al suelo, y Bradley se alzó sobre ellos amenazándolos con una muerte instantánea si no se rendían, prometiéndoles la libertad si se plegaban a sus exigencias.

—Como habéis visto -exclamó-, puedo mataros desde lejos cuando quiera. No podéis escapar de mí. Vuestra única esperanza se basa en la obediencia. ¡Rápido, u os mataré!

Los wieroos se detuvieron y se volvieron hacia él.

—¿Qué quieres de nosotros? -preguntó uno.

—Soltad vuestras armas -ordenó Bradley. Después de un momento de vacilación, obedecieron.

—¡Ahora acercaos!

Un gran plan (el único plan) se había formado súbitamente en su mente.

Los wieroos se acercaron y se detuvieron siguiendo sus órdenes. Bradley se volvió hacia la muchacha.

—Hay cuerda en el refugio -dijo-. ¡Tráela!

Ella así lo hizo, y entonces él le indicó que atara un extremo al tobillo de uno de los wieroos y el extremo opuesto al segundo. Las criaturas dieron muestras de sentir gran temor, pero no se atrevieron a intentar impedir la acción.

—Ahora salid al claro -dijo Bradley-, y recordad que estoy detrás y que dispararé al primero que intente escapar: eso detendrá al otro hasta que pueda matarlo también.

Los hizo detenerse cuando llegaron al claro.

—La muchacha subirá a la espalda del que va delante -anunció el inglés-. Yo montaré al otro. Ella lleva una hoja afilada, y yo llevo este arma que sabéis que mata fácilmente en la distancia. Si desobedecéis en lo más mínimo las instrucciones que voy a daros, moriréis los dos. Si tenemos que morir con vosotros, no nos importará. Si obedecéis, os prometo que os liberaré sin haceros daño.

«Nos llevaréis al oeste, y nos depositaréis en la orilla de la tierra firme… eso es todo. Ese es el precio de vuestras vidas. ¿Estáis de acuerdo?

A regañadientes, los wieroos aceptaron. Bradley examinó los nudos que ataban la cuerda a sus tobillos, y tras considerar que eran seguros indicó a la muchacha que montara a la espalda del primer wieroo, mientras que él lo hacía en el otro. Entonces dio la señal para que los dos se elevaran juntos. Con un fuerte batir de sus poderosas alas, las criaturas saltaron al aire, trazaron un círculo antes de superar las copas de los árboles de la colina y luego se dirigieron al oeste sobre las aguas del mar.

En ninguna parte pudo ver Bradley rastro de los otros wieroos, ni de las otras amenazas que había temido pudieran frustrar sus planes de huida: los enormes reptiles alados que tan numerosos son sobre las zonas del sur de Caspak y que a menudo se ven, aunque en menor número, más al norte.

La tierra firme se acercaba más y más: una amplia pradera que se extendía al pie de una altiplanicie que se extendía ante ellos. Los puntitos que veían se convirtieron en manadas de ciervos y antílopes y bos; un enorme rinoceronte lanudo chapoteaba en un charco de barro a la derecha, y más allá, un poderoso mamut comía las hojas tiernas de un alto árbol. Los rugidos y gritos y gruñidos de los gigantescos carnívoros llegaban levemente a sus oídos. Ah, esto era Caspak. Pese a todos sus peligros y su salvajismo primigenio causó en la garganta del inglés una sensación de plenitud, como la de alguien que ve y oye los sonidos y vistas familiares de su casa después de una larga ausencia.

Entonces los wieroos se posaron en el césped cuajado de flores que crecía casi al borde del agua, los fugitivos desmontaron de sus espaldas, y Bradley le dijo a las criaturas de túnica roja que eran libres para marcharse.

Cuando les cortó las cuerdas de los tobillos, se alzaron emitiendo aquel chillido increíble que siempre provocaba un escalofrío en el inglés, y con sus poderosas alas se marcharon volando hacia la temible Oo-oh.

Cuando las criaturas se marcharon, la muchacha se volvió hacia Bradley.

—¿Por qué has hecho que nos traigan aquí? -preguntó-. Ahora estamos lejos de mi país. Puede que nunca vivamos para alcanzarlo, ya que estamos entre enemigos que, aunque no de manera tan horrible, nos matarán igual que lo harían los wieroos si nos capturaran, y tenemos por delante muchas jornadas de marcha a través de tierras llenas de bestias salvajes.

—Por dos razones -replicó Bradley-. Me dijiste que hay dos ciudades wieroo en el extremo oriental de la isla. Haber pasado cerca de cualquiera de ellas podría haber atraído a cientos de criaturas de quienes no habríamos podido escapar. Además, mis amigos deben de estar cerca de este lugar: no podemos estar a más de dos jornadas de marcha del fuerte del que te he hablado. Es mi deber regresar con ellos. Si siguen viviendo, encontrarán un medio de devolverte a tu pueblo.

—¿Y tú? -preguntó la muchacha.

—Escapé de Oo-oh -respondió Bradley-. He conseguido lo imposible una vez, y lo conseguiré de nuevo: escaparé de Caspak.

No la estaba mirando a la cara mientras le respondía, y por eso no vio la sombra de tristeza que cruzó su semblante. Cuando volvió a alzar los ojos, ella sonreía.

—Lo que tú desees, yo lo deseo -dijo la muchacha.

Se dirigieron al sur siguiendo la playa, donde caminar era más fácil, pero siempre manteniéndose lo bastante cerca de los árboles para asegurarse poder encontrar refugio de las bestias y reptiles que tan a menudo los amenazaban. Eran las últimas horas de la tarde cuando la muchacha cogió de pronto a Bradley por el brazo y señaló hacia adelante.

—¿Qué es eso? -susurró-. ¿Qué extraño reptil es ese?

Bradley miró en la dirección que indicaba su dedo. Se frotó los ojos y volvió a mirar, y entonces la agarró por la muñeca y la empujó rápidamente tras unos matorrales.

—¿Qué es eso? -preguntó ella.

—Es el reptil más temible que han conocido las aguas de este mundo -replicó él-. ¡Es un submarino alemán!

Una expresión de asombro y comprensión iluminó los rasgos de la muchacha.

—¡Es la cosa de la que me hablaste -exclamó-, la cosa que nada bajo el agua y lleva a los hombres en su vientre!

—Así es.

—¿Entonces por qué te escondes? -preguntó la muchacha-. Dijiste que ahora pertenecía a tus amigos.

—Han pasado muchos meses y no sé qué ha pasado con mis amigos -replicó él-. No puedo saber qué les ha ocurrido. Hace tiempo que tendrían que haberse marchado en esa embarcación, y por eso no puedo comprender que esté todavía aquí. Voy a investigar primero antes de dejarme ver. Cuando me marché, había más alemanes en el U-33 que hombres de mi grupo en el fuerte, y tengo suficiente experiencia con los alemanes para saber que hay que vigilarlos de cerca.

Abriéndose paso por un bosquecillo que se alzaba a unos pocos metros tierra adentro, los dos se arrastraron sin ser vistos hacia el submarino, que estaba atracado en la orilla, en un lugar que Bradley reconoció ahora como cercano al pozo de petróleo al norte de Fuerte Dinosaurio. Se detuvieron lo más cerca posible del submarino, agazapados entre la tupida vegetación, y vigilaron la embarcación en busca de signos de vida humana. Las escotillas estaban cerradas: no se podía ver ni oír a nadie.

Bradley vigiló durante cinco minutos, y entonces decidió subir a bordo a investigar. Se había puesto en pie para llevar a cabo su propósito cuando oyó, en tono fuerte y amenazador, una andanada de maldiciones y juramentos en alemán, y la expresión Englische schewinhunde repetida varias veces. La voz no procedía de la dirección del submarino, sino de tierra adentro. Bradley avanzó arrastrándose hasta llegar a un punto donde, a través de las enredaderas que colgaban de los árboles, pudo ver a un grupo de hombres que caminaban hacia la orilla.

Vio al barón Friedrich von Schoenvorts y a seis de sus hombres, todos armados, que avanzaban rodeando a un grupo de hombres entre quienes se hallaban Olson, Brady, Sinclair, Wilson y Whitely.

Bradley no sabía nada de la desaparición de Bowen Tyler y la señorita La Rué, ni de la perfidia de los alemanes al bombardear el fuerte y su intento de escapar en el U-33; pero no se sorprendió en absoluto por lo que veía.

El grupito avanzaba lentamente, los prisioneros se tambaleaban bajo los pesados toneles de petróleo, mientras que Schwartz, uno de los oficiales alemanes, los maldecía y los golpeaba caprichosamente con una vara de madera. Von Schoenvorts caminaba detrás de la columna, animando a Schwartz y riendo por la incomodidad de los británicos. Dietz, Heinz y Klatz también parecían disfrutar inmensamente de la diversión; pero dos de los hombres (Plesser y Hindle), marchaban con la mirada fija al frente y una mueca de disgusto en el rostro.

Bradley sintió que la sangre le ardía en las venas al ver las cobardes indignidades a las que eran sometidos sus hombres, y en el breve espacio de tiempo que la columna tardó en llegar al lugar donde está escondido trazó sus planes, aunque parecían una locura. Entonces acercó a la muchacha hacia él.

—Quédate aquí -susurró-. Voy a salir a pelear contra esas bestias; pero me matarán. No dejes que te vean. No dejes que te cojan viva. Son más crueles, más cobardes, más bestiales que los wieroos. La muchacha se apretó contra él, la cara muy blanca. -Ve, si es necesario -susurró-, pero si mueres, yo moriré, pues no puedo vivir sin ti.

Él la miró súbitamente a los ojos.

—¡Oh! -exclamó-. ¡Qué idiota he sido! Yo tampoco podría vivir sin ti, pequeña.

Y la atrajo hacia sí y la besó en los labios. -Adiós.

Se soltó de sus brazos y miró de nuevo a tiempo de ver que la retaguardia de la columna acababa de pasar. Entonces se puso en pie y saltó rápida y silenciosamente.

De repente von Schoenvorts sintió que le colocaban un arma en la nuca y le quitaban la pistola de la cartuchera. Soltó un grito de temor y advertencia, y sus hombres se volvieron para ver a un hombre blanco medio desnudo que sujetaba con fuerza a su líder desde atrás y los apuntaba con una pistola por encima de su hombro.

—¡Soltad esas armas! -dijo con cortas y afiladas sílabas en un alemán perfecto-. Soltadlas o le meteré una bala en la cabeza a von Schoenvorts.

Los alemanes vacilaron un momento, mirando primero hacia von Schoenvorts y luego a Schwartz, quien evidentemente era el segundo al mando, en busca de órdenes.

—Es el cerdo inglés, Bradley -gritó este último-, y está solo. ¡Id a por él!

—Ve tú mismo -gruñó Plesser.

Hindle se acercó a Plesser y le murmuró algo. Éste asintió. De repente von Schoenvorts giró sobre sus talones y agarró la pistola de Bradley con ambas manos.

—¡Ahora! -gritó-. ¡Venid y cogedlo, rápido!

Schwartz y los otros tres saltaron hacia adelante; pero Plesser y Hindle se quedaron atrás, mirando vacilantes a los prisioneros ingleses. Entonces Plesser habló.

—Es vuestra oportunidad, ingleses -dijo en voz baja-. Sujetadnos a Hindle y a mí y quitadnos las armas… no ofreceremos resistencia.

Olson y Brady no tardaron en hacer caso a la sugerencia. Habían visto suficiente del brutal tratamiento que von Schoenvorts daba a sus hombres y las atenciones especialmente venenosas que disfrutaba infligiendo a Plesser y Hindle para comprender que el deseo de venganza de estos dos hombres podía ser sincero. En un momento los dos alemanes fueron desarmados y Olson y Brady corrieron para apoyar a Bradley. Pero ya parecía demasiado tarde.

Von Schoenvorts había conseguido hacer dar la vuelta al inglés, de modo que le daba la espalda a Schwartz y los otros alemanes que avanzaban hacia él. Schwartz casi había alcanzado a Bradley y estaba dispuesto a golpearlo con la culata de su rifle. Brady y Olson corrían hacia los alemanes, seguidos de Wilson, Whitley y Sinclair, dispuestos a apoyarlos con los puños desnudos.

Parecía que Bradley estaba perdido cuando, aparentemente de la nada, silbó una flecha que alcanzó a Schwartz en el costado, lo atravesó en parte y lo derrumbó al suelo. El hombre cayó con un alarido, y al mismo tiempo Olson y Brady vieron la esbelta figura de una muchacha de pie al borde de la jungla, colocando otra flecha en su arco.

Bradley había conseguido liberar su brazo de la tenaza de von Schoenvert y lo derribó dándole un golpe con la culata de su pistola. El resto de los ingleses y alemanes se enzarzaron en una lucha cuerpo a cuerpo. Plesser y Hindle permanecieron apartados de la melé e instaron a sus camaradas a rendirse y a unirse a los ingleses contra la tiranía de von Schoenvorts. Heinz y Klatz, posiblemente influenciados por sus palabras, apenas pusieron resistencia; pero Dietz, un prusiano enorme, barbudo y con cuello de toro, gritando como un maníaco, intentó exterminar al Englische schweihunde con su bayoneta, pues temía disparar por miedo a matar a alguno de sus camaradas.

Fue Olson quien se enfrentó a él, y aunque no estaba acostumbrado al rifle largo y la bayoneta alemanas, recibió el embiste del huno con la fría y cruel precisión y la ciencia de la lucha con bayoneta inglesa. No hubo ninguna finta, ninguna retirada, ni esquivó lo que tampoco era un ataque. La lucha con bayonetas no es hoy un espectáculo hermoso de ver: no es esgrima artística donde los hombres dan y toman. Es una matanza inevitable que acaba rápidamente.

Dietz saltó locamente hacia la garganta de Olson. Tan cerca, con sólo girar la bayoneta a la izquierda la afilada hoja pasó por encima del hombro izquierdo del inglés. Al instante Olson dio un paso adelante, hizo resbalar el rifle entre sus manos y lo agarró por debajo de la boca y con un corto y brusco impulso envió la hoja bajo la barbilla de Dietz, hasta el cerebro. Lo hizo tan rápidamente y tan rápidamente retiró la hoja que Olson había girado para enfrentarse a otro adversario antes de que el cadáver del alemán se hubiera derrumbado al suelo.

Pero no había más adversarios a los que enfrentarse. Heinz y Klatz habían soltado sus rifles y, con las manos sobre la cabeza, gritaban a todo pulmón:

—¡Kamerad! ¡Kamerad!

Von Schoenvorts todavía yacía donde había caído. Plesser y Hindle le explicaron a Bradley que se alegraban del resultado de la pelea, pues ya no podían soportar la brutalidad del comandante del submarino.

El resto de los hombres miraba a la muchacha que ahora avanzaba lentamente, el arco preparado. Bradley se volvió hacia ella y alzó una mano.

—Co-Tan -dijo-, suelta el arco. Estos son mis amigos, y los tuyos -se volvió hacia los ingleses-. Ésta es Co-Tan. Los que la habéis visto salvarme de Schwartz conocéis una parte de lo que le debo.

Los rudos hombres se congregaron alrededor de la muchacha, y cuando ella les habló en inglés entrecortado, con una sonrisa en los labios que aumentaba el encanto de su irresistible acento, todos y cada uno de ellos se enamoraron de ella y se convirtieron a partir de entonces en sus guardianes y sus esclavos.

Un momento después, la atención de todos se volvió hacia Plesser, que gritaba una sarta de imprecaciones. Se volvieron a tiempo de ver cómo el hombre corría hacia von Schoenvorts, que acababa de levantarse del suelo. Plesser llevaba un rifle con la bayoneta calada, cogido al cadáver de Dietz. El rostro de von Schoenvorts estaba pálido de miedo, y movía la boca como intentando pedir ayuda, pero ningún sonido surgía de sus labios azules.

—Me golpeaste -chilló Plesser-. Una, dos, tres veces, me golpeaste, cerdo. Asesinaste a Schwerke... lo volviste loco con tu crueldad hasta que se quitó la vida. Eres típico de tu especie… todos sois como tú del Kaiser para abajo. Ojalá fueras el Kaiser. ¡Le haría esto!

Y atravesó con la bayoneta el pecho de von Schoenvorts. Entonces dejó que el rifle cayera con el moribundo y se volvió hacia Bradley.

—Aquí estoy -dijo-. Hagan conmigo lo que quieran. Toda mi vida he sufrido las patadas y los insultos de esta gente, y siempre he ido adonde me ordenaban, cantando, dispuesto a dar mi vida si era necesario para mantenerlos en el poder. Sólo últimamente me he dado cuenta de lo tonto que he sido. Pero ya no soy ningún tonto, y además, estoy vengado y Schewerke está vengado, así que pueden matarme si quieren. Aquí estoy.

—Si yo fuera el rey -dijo Olson-, colgaría la Cruz Victoria de tu noble pecho. Pero como sólo soy un irlandés de apellido sueco, que Dios me perdone por eso, lo mejor que puedo hacer es estrecharte la mano.

—No serás castigado -dijo Bradley-. Quedáis cuatro… si los cuatro queréis trabajar con nosotros, os aceptaremos. Pero vendréis como prisioneros.

—Me parece bien -dijo Plesser-. Ahora que el capitán ha muerto, no tenéis que temernos. Toda nuestra vida no hemos hecho otra cosa sino obedecer a los de su clase. Si no lo hubiera matado, supongo que sería tan tonto que lo obedecería de nuevo; pero está muerto. Ahora os obedeceremos… tenemos que obedecer a alguien.

—¿Y vosotros? -Bradley se volvió hacia los otros supervivientes de la tripulación original del U-33. Todos prometieron obediencia.

Los dos alemanes muertos fueron enterrados en una sola tumba, y el grupo subió al submarino y almacenó el combustible.

Una vez allí Bradley le contó a los hombres lo que le había sucedido desde la noche del 14 de septiembre, cuando desapareció tan misteriosamente del campamento en la altiplanicie. Ahora se enteró por primera vez que Bowen J. Tyler Jr. y la señorita La Rué llevaban desaparecidos aún más tiempo, y que no habían descubierto el menor rastro de ellos.

Olson le contó cómo los alemanes habían regresado y los emboscaron ante el fuerte, capturándolos para poder utilizarlos como ayudantes en el refinamiento del petróleo y más tarde para tripular el U-33, y Plesser contó brevemente las experiencias de la tripulación alemana a las órdenes de von Schoenvorts desde que escaparon de Caspak meses antes: cómo perdieron el rumbo después de haber sido bombardeados por los barcos que los encontraron cuando intentaban dirigirse hacia el norte y cómo por fin, con las provisiones agotadas y casi sin combustible, buscaron y encontraron por fin, más por accidente que por otra cosa, la misteriosa isla que antaño tanto se alegraron de abandonar.

—Ahora haremos planes para el futuro -anunció Bradley-. Creo que has dicho que el submarino tiene combustible, provisiones y agua para un mes, Plesser. Somos diez para tripularlo. Tenemos que cumplir un triste deber: debemos buscar a la señorita La Rué y al señor Tyler. Digo triste deber porque sabemos que no los encontraremos; pero no podemos hacer otra cosa sino peinar la costa, disparando señales a intervalos, para que al menos podamos marcharnos con el conocimiento de que hemos hecho todo lo posible por encontrarlos.

Ninguno puso objeciones, ni alzó la voz protestando contra el plan de asegurarse al menos doblemente antes de abandonar Caspak para siempre.

Y así se pusieron en marcha, navegando lentamente por la costa arriba y disparando ocasionalmente con el cañón. A menudo la embarcación tenía que detenerse, y siempre había ojos ansiosos escrutando la orilla en busca de una señal de respuesta. A últimas horas de la tarde vieron una horda de guerreros band-lu; pero cuando la embarcación se acercó a la orilla y los nativos advirtieron que había seres humanos a lomos del extraño monstruo marino, huyeron aterrorizados antes de que Bradley pudiera llamarlos.

Esa noche echaron el ancla en la desembocadura de un viscoso arroyo cuyas cálidas aguas rebosaban de millones de diminutos organismos parecidos a larvas: minúsculos engendros humanos que iniciaban su precario viaje desde alguna charca tierra adentro hacia «el principio»; un viaje que, quizás, sobreviviría para completar uno entre un millón. Ya, casi en la concepción de la vida, eran recibidos por miles de bocas voraces, pues peces y reptiles de muchas clases luchaban por devorarlos, y a su vez otras criaturas más grandes perseguían a los devoradores, para ser, a su vez, perseguidas por las incontables otras formas que habitan las profundidades del temible mar de Caprona.

El segundo día fue prácticamente una repetición del primero. Avanzaron lentamente con frecuentes paradas y una vez desembarcaron en el país kro-lu para cazar. Aquí fueron atacados por los hombres de los arcos y las flechas, a quienes no pudieron persuadir de que parlamentaran con ellos. Tan beligerantes eran los nativos que tuvieron que disparar para escapar de sus persistentes y feroces atenciones.

—¿Qué posibilidades pudieron tener Tyler y la señorita La Rué entre esta gente? -preguntó Bradley, mientras regresaban al submarino con sus presas.

Pero continuaron su infructuosa búsqueda, y al tercer día, después de recorrer la orilla de una profunda cala, pasaron ante una línea de altos acantilados que formaban la orilla sur de la cala y rodearon un afilado promontorio a eso de mediodía. Co-Tan y Bradley estaban solos en cubierta, y cuando la nueva orilla apareció a la vista, la muchacha dejó escapar un grito de alegría y agarró la mano del hombre con la suya.

—¡Oh, mira! -exclamó-. ¡El país galu! ¡El país galu! Es mi país, que creí no volver a ver nunca.

—¿Te alegras de volver, Co-Tan? -preguntó Bradley.

—¡Oh, me alegro tanto! ¿Vendrás conmigo? Podemos vivir aquí con mi pueblo, y serás un gran guerrero… oh, cuando Jor muera puedes incluso ser jefe, pues no hay ningún otro guerrero más poderoso. ¿Vendrás?

Bradley negó con la cabeza.

—No puedo, pequeña Co-Tan -respondió-. Mi país me necesita, y debo volver. Tal vez regrese algún día. ¿No me olvidarás, Co-Tan?

Ella lo miró, con los ojos llenos de asombro.

—¿Vas a marcharte? -preguntó, con voz muy débil-. ¿Vas a dejar a Co-Tan?

Bradley contempló la cabecita inclinada. Sintió la suave mejilla contra su brazo desnudo; y sintió algo más también: calientes lágrimas que corrían hasta la yema de sus dedos, cada una de ellas surgida del corazón de una mujer.

Se inclinó y alzó el rostro manchado de lágrimas hasta el suyo.

—No, Co-Tan -dijo-. No voy a dejarte… vas a venir conmigo. Vas a venir a mi país para ser mi esposa. Dime que lo harás, Co-Tan.

Y se inclinó un poco más y la besó en los labios.

No necesitó más que la maravillosa luz en sus ojos para saber que ella lo acompañaría hasta el fin del mundo. Y entonces los artilleros subieron a disparar una nueva salva, y los dos bajaron del cielo de su nueva felicidad a la ajada y sacudida cubierta del U-33.

Una hora más tarde el submarino navegaba cerca de la orilla de una hermosa pradera que se extendía durante más de un kilómetro tierra adentro hasta el pie de una altiplanicie cuando Whitley llamó la atención sobre una docena de figuras que bajaba desde allí. Invirtieron los motores y detuvieron el submarino mientras todos se congregaban en cubierta para ver al pequeño grupo que corría hacia ellos cruzando el prado.

—Son galus -exclamó Co-Tan-. Son mi propio pueblo. Dejadme que hable con ellos, para que no piensen que venimos a luchar. Déjame en la orilla, hombre mío, y yo iré a recibirlos.

Vararon el morro del submarino en la empinada orilla, pero cuando Co-Tan intentó adelantarse sola, Bradley la agarró por la mano y la detuvo.

—Iré contigo Co-Tan -dijo, y juntos avanzaron hacia el grupo.

Había unos veinte guerreros que avanzaban en hilera, como nuestra infantería avanza para las escaramuzas. Bradley no pudo sino advertir la marcada diferencia entre esta formación y los métodos más desordenados de las tribus inferiores con las que había entrado en contacto, y se lo comentó a Co-Tan.

—Los guerreros galu siempre avanzan así a la batalla -dijo ella-. Los pueblos inferiores permanecen en grupo y apenas pueden usar sus armas, a la vez que presentan un blanco tan fácil para nuestras lanzas y flechas que no podemos fallar. Pero cuando ellos lanzan las suyas contra nuestros guerreros, si fallan al primero, no hay ninguna posibilidad de que maten a alguien detrás.

«Quédate quieto ahora -advirtió-, y crúzate de brazos. Así no nos harán daño.

Bradley hizo lo que le ordenaba, y los dos esperaron cruzados de brazos a que la hilera de guerreros se acercara. Cuando estuvieron a unos cincuenta metros, se detuvieron y uno habló.

—¿Quiénes sois y de dónde venís? -preguntó; y entonces Co-Tan dejó escapar un gritito de alegría y echó a correr con los brazos abiertos.

—¡Oh, Tan! -exclamó-. ¿No conoces a tu pequeña Co-Tan?

El guerrero se la quedó mirando un instante, incrédulo, y entonces también él echó a correr y, cuando se encontraron, cogió a la muchacha en brazos. Fue entonces cuando Bradley experimentó plenamente una sensación que era nueva para él: un súbito odio por este extraño guerrero y el deseo de matar sin saber por qué. Avanzó rápidamente hasta el lado de la muchacha y la cogió por la muñeca.

—¿Quién es este hombre? -exigió con frío tono.

Co-Tan se volvió sorprendida hacia el inglés, y entonces estalló en una alegre carcajada.

—Este es mi padre, Brad-li -exclamó.

—¿Y quién es este Brad-li? -demandó el guerrero.

—Es mi hombre -contestó sencillamente Co-Tan.

—¿Con qué derecho? -insistió Tan.

Y entonces ella le contó brevemente todo lo que había vivido desde que los wieroos la secuestraron y cómo Bradley la había rescatado y quiso rescatar a An-Tak, su hermano.

—¿Estás contenta con él? -preguntó Tan.

—Sí -replicó la muchacha orgullosamente.

Fue entonces cuando un movimiento al borde de la altiplanicie atrajo la atención de Bradley, y al mirar con atención vio un caballo montado por dos figuras que bajaba por la empinada pendiente. Cuando llegó abajo, el animal cruzó la pradera con un rápido trote. Era un animal magnífico: un gran semental bayo con la cara blanca y patas blancas hasta las rodillas, el lomo rodeado por una gran mancha blanca. Cuando se detuvo súbitamente junto a Tan, el inglés vio que lo montaban un hombre y una muchacha: un hombre alto y una muchacha tan hermosa como Co-Tan. Cuando la muchacha vio a Co-Tan, bajó del caballo y corrió hacia ella, gritando de alegría.

El hombre desmontó y se colocó junto a Tan. Como Bradley, iba vestido a la usanza de los guerreros que los rodeaban, pero había una sutil diferencia entre sus compañeros y él. Posiblemente detectó una diferencia similar en Bradley, pues su primera pregunta fue:

—¿De qué país eres? -y aunque habló en galu, a Bradley le pareció reconocer el acento.

—De Inglaterra -respondió Bradley.

Una amplia sonrisa iluminó el rostro del recién llegado mientras extendía la mano.

—Soy Tom Billings, de Santa Mónica, California -dijo-. Lo sé todo sobre ti, y me alegro muchísimo de encontrarte con vida.

—¿Cómo has llegado aquí? -preguntó Bradley-. Creí que éramos el único grupo de hombres del mundo exterior que habían entrado en Caprona.

—Lo erais, hasta que vinimos en busca de Bowen J. Tyler Jr. -replicó Billings-. Lo encontramos y lo enviamos a casa con su esposa. Pero yo me quedé prisionero aquí.

El rostro de Bradley se ensombreció: entonces no se hallaban entre amigos.

—Hay diez de nosotros en un submarino alemán con rifles y pistolas -dijo rápidamente en inglés-. Sería fácil escapar de toda esta gente.

—No conoces a mi carcelero -replicó Billings-, o no estarías tan seguro. Espera, te presentaré.

Y se volvió hacia la muchacha que lo acompañaba y la llamó por su nombre.

—Ajor -dijo-, permíteme que te presente al teniente Bradley; teniente, la señora Billings… ¡mi carcelera!

El inglés se echó a reír mientras estrechaba la mano de la muchacha.

—No eres tan buen soldado como yo -le dijo a Billings-. En vez de haber caído prisionero, he hecho un prisionero: Señora Bradley, este es el señor Billings.

Ajor, comprendiendo rápidamente, se volvió hacia Co-Tan.

—¿Vas a ir con él a tu país? -preguntó.

Co-Tan lo admitió.

—¿Te atreves? -preguntó Ajor-. Pero tu padre no lo permitirá: Jor, mi padre, gran jefe de los galus, no lo permitirá, pues como yo eres cos-ata-lo. ¡Oh, Co-Tan, si pudiéramos! ¡Cómo me gustaría ver el extraño mundo y las maravillosas cosas de las que me habla mi Tom!

Bradley se inclinó y le susurró al oído.

—Di la palabra y los dos podréis venir con nosotros.

Billings lo oyó y, hablando en inglés, le preguntó a Ajor si querría ir.

—Sí -respondió ella-. Si tú lo deseas. Pero ya sabes, mi Tom, que si Jor nos captura, tú y yo y el hombre de Co-Tan lo pagaremos con la vida… ni siquiera su amor por mí ni la admiración que te tiene podrán salvarte.

Bradley advirtió que ella hablaba en inglés, un inglés entrecortado como el de Co-Tan, pero igualmente atractivo.

—Podemos subir fácilmente al submarino -dijo-, con algún pretexto, y luego podemos marcharnos. No podrán hacernos daño ni detenernos, ni nosotros tendremos que dispararles.

Y así lo hicieron. Bradley y Co-Tan llevaron a Ajor y Billings a bordo para «mostrarles» la embarcación, que casi inmediatamente levó anclas y se internó despacio en el mar.

—Odio hacer esto -dijo Billings-. Han sido buenos conmigo. Jor y Tan son hombres espléndidos y pensarán que soy un desagradecido. Pero no puedo malgastar mi vida aquí cuando hay tanto que hacer en el mundo exterior.

Mientras recorrían el mar interior dejando atrás la isla de Oo-oh, volvieron a contar las historias de sus aventuras, y Bradley se enteró de que Bowen Tyler y su esposa habían dejado el país galu hacía apenas quince días, y que era posible que el Toreador estuviera todavía anclado en el Pacífico, no muy lejos de la desembocadura subterránea del río que volcaba las aguas calientes de Caprona en el océano.

A finales del segundo día, después de atravesar manadas de horribles reptiles, se sumergieron en el punto donde el río entraba bajo los acantilados y poco después ascendieron a la superficie iluminada del Pacífico; pero no pudieron ver por ninguna parte rastro del otro barco. Siguieron costa abajo hasta la playa donde Billings había cruzado en su hidroavión y al anochecer el vigía anunció que veía luz delante. Resultó ser el Toreador, y media hora más tarde hubo una reunión en la cubierta del esbelto yate como nadie había imaginado que fuera posible. De los aliados sólo había que lamentar las muertes de Tippet y James, y nadie lamentó las muertes de los alemanes ni la de Benson, el traidor, cuya fea historia fue narrada en el manuscrito de Bowen Tyler.

Tyler y el grupo de rescate habían llegado al yate esa misma tarde. Habían oído, levemente, las salvas disparadas por el U-33 pero no habían podido localizar su dirección, y por eso habían supuesto que el sonido procedía de los cañones del Toreador.

Fue un grupo feliz el que navegó hacia el soleado sur de California, el viejo U-33 siguiendo la estela del Toreador, haciendo ondear la gloriosa bandera de las Barras y Estrellas bajo la que había nacido en el muelle de Santa Mónica. Tres parejas recién casadas, sus lazos ahora debidamente solemnizados por el capitán del barco, disfrutaban de la paz y la seguridad de las aguas despejadas del Pacífico sur y la luna de miel única que, de no ser por los recios deberes que los esperaban, podrían haber prolongado hasta el final de los tiempos.

Y así atracaron un día en el muelle que ahora controlaba Bowen Tyler, y allí se encuentra todavía el U-33 mientras quienes pasaron tantos días en él y a causa de él, continuaron sus diversos caminos.